何谓对家呢？
就是在他的粉丝眼中：
我对顾依凉微笑，是笑里藏刀。
我跟顾依凉擦肩，是视若无睹。
我与顾依凉同框时低下了头，是心里不爽。
我与顾依凉同框时转头与旁人说笑，是摆高姿态。
反正我站或坐都是错。

也就是在我的粉丝眼中：
顾依凉对我微笑，是无言挑衅。
顾依凉与我擦肩，是心中不屑。
顾依凉与我同框时低下了头，是故作清高。
顾依凉与我同框时转头与旁人说笑，是做作刻意。
反正他动或静都是错。

魅丽文化

我和我对家

PEPA —— 著

廣東旅游出版社
GUANGDONG TRAVEL & TOURISM PRESS
悦读书·悦旅行·悦享人生

中国·广州

图书在版编目（CIP）数据

我和我对家 / PEPA 著. — 广州 ：广东旅游出版社，2020.4（2022.12 重印）
ISBN 978-7-5570-2137-5

Ⅰ. ①我… Ⅱ. ①P… Ⅲ. ①长篇小说－中国－当代 Ⅳ. ①I247.5

中国版本图书馆 CIP 数据核字（2020）第 028450 号

我和我对家
WO HE WO DUI JIA

出 版 人：刘志松
出版统筹：曾英姿
责任编辑：梅哲坤
责任校对：李瑞苑
责任技编：冼志良

广东旅游出版社出版发行
地址：广州市荔湾区沙面北街 71 号首、二层
邮编：510130
电话：020-87347732（总编室） 020-87348887（销售热线）
投稿邮箱：2026542779@qq.com
印刷：湖南天闻新华印务有限公司
（湖南望城湖南出版科技园 电话：0731-88387578）
开本：880 毫米 ×1230 毫米 1/32
字数：173 千字
印张：9
版次：2020 年 4 月第 1 版
印次：2022 年 12 月第 9 次印刷
定价：39.80 元

目录

c o n t e n t s

第一章

我对家，顾依凉

1.

我对家，顾依凉，二线鲜肉，偶像派的脸蛋，实力派的演技。但凡出演什么片子，演男一、男二、男三都是锦上添花，影评人千字长文真情实感地捧，公司通稿铺天盖地地夸，点开微博评论一水儿的大拇指和鲜花。

我本人，卫言梓，三线鲜肉，偶像派的脸蛋，蛋黄派的演技。但凡出演什么片子，演男一、男二、男三都是狗尾巴花，要枯不枯，要谢不谢，都不配往花瓶里插。

他是接受采访时，能就角色心理和剧情发展侃侃而谈，坦言放话说要努力冲击金奖的。

我是接受采访时，只会被问到绯闻花边八卦，连在镜头前自称一声演员都不敢的。

不夸张地说，放在娱乐圈这种大环境下，他是那“池边花云中月”，我是这“小白菜地里黄”。

2.

别看我与顾依凉之间仅有一线的差距，放在娱乐圈里，那是如同隔着千沟万壑，哪怕我伸长了脖子也摸不到他的项背。

3.

那我是怎么有幸跟顾依凉成为对家的呢？

很简单，我们俩年纪相仿，所属同一个公司，又是同期出道，不过我们是真的不熟，公司也没打算给我们包装成兄弟情深，于是就扯到了资源分配的问题……

好吧，再往深了说，我也想不出个一二三来了，他的实力比我强太多，我跟他走的又不是同一种风格的路子，资源也不怎么冲突，我也不知道他怎么就成了我的对家啊！

4.

我跟顾依凉出道三年，相识三年，话没说过几句，连微信都没加上，碰面交流全靠眼神、微笑、点头，三位一体。

要不是微博评论底下隔三差五就有人莫名其妙地来掐上一场，我都不知道我这个不温不火的“小三线”，居然有了一个星途坦荡前程光明的对家。

臣惶恐！

敢问我何德何能啊！

5.

不管怎么说，我非常荣幸。

感觉摊上这么个对家，连带着我自身也增色了不少，热度也噌噌地被拉上去了。

左右都非常不亏。

6.

何谓对家呢？

对家就是在他的粉丝眼中——

我对顾依凉微笑，是笑里藏刀。

我跟顾依凉擦肩，是视若无睹。

我与顾依凉同框时低下了头，是心里不爽。

我与顾依凉同框时转头与旁人说笑，是摆高姿态。

反正我无论是站还是坐都是错。

怎么说呢，若非我就是卫言梓本人，我差点都信了。

对家就是在我的粉丝眼中——

顾依凉对我微笑，是无言挑衅。

顾依凉与我擦肩，是心中不屑。

顾依凉与我同框时低下了头，是故作清高。

顾依凉与我同框时转头与旁人说笑，是刻意做作。

反正他无论是动还是静都是错。

怎么说呢，若非我认识顾依凉本人，我差点都信了。

7.

如果我们碰巧戴了同一品牌的饰品，就是在争夺代言资源。

如果我们碰巧穿了款式相似的衣服，就是在抄袭穿着品味。

如果我们碰巧撞了衫，那就完了，粉丝能就谁穿得更好看、更有型、更精致“撕”出时间缝隙，喷出天边彩虹万里。

8.

我捏着山根，把手机还给了新来的生活助理小陈：“别再拿我的黑料楼给我看了，好糟心。”

9.

“离下一场戏还有一多个小时呢，我怕您干坐着无聊嘛。”小陈吐了吐舌头，拿着扇子给我扇风，“原来演员都不会上网搜自己名字的吗？”

刚爬完一栋自己的黑料楼，我心有余悸地纠正他：“别别别，别用‘您’这个字，也别叫我演员。”

“哦，那卫哥。”小陈从善如流地改了口，拿了一瓶矿泉水过来，插上吸管递给我，“你平时都不会在网上搜自己的名字吗？”

我咬着吸管：“搜什么啊，黑料都编得天花乱坠的，看着多败坏心情啊。”

小陈看着我，歪了歪头：“那你怎么不搜对家的名字看看呢，那样心情不就好了？”

我竟无言以对。

10.

这孩子真是个鬼才！

11.

虽然我本身对顾依凉没有任何敌意，但刚刚才看完他家粉丝编出来的黑料楼，心里怎么说都有些不是滋味。礼尚往来，让我看看他的黑料平衡一下心情，也没有什么不对嘛。

就当替他做了一件善事！

我兴冲冲地掏出自己的手机，打开微博搜索，输入了“顾依凉”三个字。

12.

我“葛优瘫”在椅子上，抬手抚着胸口，平复着看见顾依凉收到万千好评夸赞后的心情波动。

我很脆弱，再也经不起更多的冲击。

13.

我点掉微博评论上那个红色的省略号图标，又显示有十几条新评论，我点开扫了一眼，多是些无意义的夸赞和示爱，其中一条略显怪异的评论吸引了我的注意。

@粉色娘子军：[爱心][爱心][爱心][爱心]蒸煮（正主）发糖了，今天是什么大喜的日子？今年是娘子元年！今天是娘子军出头天！[跪了][跪了][爱心][爱心]。

配图是一张修图后的照片，照片上我与顾依凉友好地勾着肩搭着背，一幅其乐融融兄友弟恭的景象。

14.

那莫名其妙、近似“僵尸粉”胡言乱语的文字我只扫过了一眼，视线就聚焦在了配图上。原因无他，这张照片也太打眼了，简直浑然天成毫无瑕疵，直逼灵魂深处啊。

这是什么，新型“反串黑”吗？

从一个“粉粉黑黑”掐得你死我活的黑料高楼里爬出来，我一个激灵，心惊胆战又满怀好奇地点进了那位博主的微博。

15.

你以为是新的大门向我敞开了吗？

不，我探索到了一个全新的宇宙。

16.

在小陈成为我的生活助理之前，我甚少关注粉丝饭圈生态，对各类衍生出来的亚文化知之甚少。

但今日得以一见，相见恨晚啊！

这是什么等待发光的金子，这是什么风雨中的彩虹，这是什么美丽和谐欣欣向荣的正能量新世界！

17.

在这里，我与顾依凉擦肩而过都是机缘巧合。

我与顾依凉相视微笑，是目露欣赏。

我与顾依凉同框时低下了头，是不胜娇羞。

我与顾依凉同框时转头与旁人说笑，是心仍相系。

在这里，顾依凉对我微笑，是欲语还休。

顾依凉与我同框时转头与旁人说笑，是假意避嫌。

无论我们站还是坐，动还是静，都情比金坚。

原来我们交集不多，只是不愿捆绑限制住对方的人设发展，私底下关系铁着呢。

原来我们出席活动时，座位一个在东一个在西，是不愿抢去对方的风头，镜头后谈笑风生着呢。

原来我们从未上过同一档综艺节目，是互相谦让资源的结果，两边荷包都鼓鼓的呢。

就连去年郭导的大电影撤了宣传，临时宣布换角——也就是把顾依凉换成了我，她们都罔顾顾依凉那段时间档期空白，睁着眼说是我们公司没安排好工作，导致他的档期撞了排不开，只好由我仗义相助江湖救急。

总之在这个奇妙的世界里，似乎千般都是情，万般皆是义。

怎么说呢，若非我就是卫言梓本人且认识顾依凉，我差点都信了。

18.

我看着名为“娘子军”的超话，又看着多数用户名字里红彤彤的“娘子军”三个字，陷入了不解的沉思之中。

为什么会是这么个称呼呢？也太难听了吧！

19.

我灵光乍现，一拍掌心，击节赞叹。

大概是因为在黑粉心中，势不两立的我们在这个平行世界里犹如强强联合，而她们又是一群小姑娘，于是“娘子军”一词应运而生。

妙啊、妙啊，真是妙极！

20.

“娘子军”实力整理出了一大堆关于我们俩出席活动的时间线、同城率、资源重合之类的长微博，关键字连关键字，直接顺着点就好。反正我台词都已经背好了，也十分地悠闲，况且看这个总比看黑料楼来得轻松惬意，就随手点开了几个看。

21.

接下来的半小时内，我的内心活动如下——

哇！这个MV剪得也太凄美了吧！是电影艺术的模样！

哇！这张照片修得也太真实了吧！是数码艺术的模样！

哇！这张同人图画得也太可爱了吧！是绘画艺术的模样！

哇！这篇文写得……不知为何没头没尾的，中间还有大段空白的剧情。

但别的不说，这群人简直就是一片冉冉升起烁烁发光的文艺之星啊！甚至有那么零点几秒，我都差点在心中喊出了那句口号——“娘子”is rio!

我及时制止住了这份冲动。

22.

我看得赞叹不已，心悦诚服。

试问当全网粉丝都在撕你和你对家根本不存在的仇与恨，却有这么一小部分粉丝坚信你和你对家根本不存在的情与义，这是什么，又说明了什么？

这是大义与大爱！

这说明她们的心中只有真善美啊！

只要人人都献出一点爱，世界将变成美好的人间！抛开她们所展露出来的艺术性不谈，终于有人相信我不是心肠歹毒，时时计较着要跟顾依凉抢资源，暗地里给他使绊子无数的蛇蝎小人了啊！

虽然似乎有些矫枉过正，但我几乎喜极而泣。

23.

我觉得我可能是被小陈一连三日发给我看的黑料楼摧毁了神志。

我看得完全停不下来。

但这“娘子”我吃了。

24.

起先我还没搞懂留下那条评论的小姑娘为何这么激动，待刷出了最新的超话帖子，才发现我在搜索顾依凉时手滑点赞了一条微博。

微博内容大概是《澜诀》剧组终于公布了神秘男二的选角，就是当红鲜肉顾依凉啦！惊不惊喜，意不意外？

不知道策划人是谁，真是营销鬼才。

接下来按例胡乱吹捧了一通顾依凉的实力，“哐哐”往他头上叠高帽子，我没什么耐心看。

原因无他，这稿子不知道是谁写的，夸得也太死板生硬没有活力了，要换作是我……

25.

等等，《澜诀》不就是我现在所在的剧组吗？！

26.

你们敢信吗？回过神来之后我的第一反应居然是——

这就是她们激动的理由？

27.

小陈步伐沉重地推门进来，一脸黯色地给我捏了捏肩。

我被他的表情吓得一愣：“你这是怎么了？”

“卫哥……”他表情沉痛，“你的对家要进组了……”

我还没说我已经知道了，他迅速俯身，低声问：“是不是该让我去准备些什么巴豆、剪刀、钢丝钳……”

“停停！打住！”我瞪着眼睛看他，“你晚上洗澡的时候记得把脑子也洗洗，整天都在想什么乱七八糟的！”

他长舒一口气，诚恳道：“那就好，法治社会，伤人犯法。”

28.

你说，不止黑粉，连我的生活助理都觉得我是个心肠歹毒的小人，再不刷刷超话平衡一下我这反派一般的人设，我这日子该怎么过哦？

29.

我还没见着顾依凉呢，心态就已经崩了一半啊！

我无力地挥手打发小陈去买奶茶，百无聊赖地缩在椅子上，转头瞥见桌上的手机还亮着，忍不住又点开了一个MV剪辑看。

30.

MV画面里是顾依凉刚出道时演的第一部戏，演技稍显青涩，却也比被剪进同屏里的我要好上了一大截，剪辑我的那部分是我今年上半年演的一部戏。

多亏了剪辑师的一双妙手和层层叠上的滤镜，和谐地化解了我的尴尬演技。

我看着屏幕里古装扮相的顾依凉，不得不承认他真是天生就要吃演员这碗饭的。从颜值到实力，他都无可挑剔，这已经不属于祖师爷赏饭吃的范畴了，得是祖师爷劈头盖脸地把一桌满汉全席全泼他身上，才能有这效果。

剪辑出来的剧情还挺吸引人，讲述了两个少年相知相遇的故事，故事实在太长了，我给你们提炼一下核心剧情。

31.

起：初涉演艺圈的一对青葱少年，一个清冷，遍身实力与担当；一个软糯，天真不谙世事。二人初见即成永恒，一个眼神埋下百万伏笔，千万线索延伸自一句笑言。

是命？是缘？是命运的丝线将他们紧紧缠绕串联。

承：跌跌撞撞，他们相携而行。

在成长的路上，血与泪与汗是他们共有的，他们依赖共生，他们相互依存，当他们对视，眼里有对方以及色彩明丽的希望。

转：与成长相伴如影随形的是渐深的分歧，他们心知岁月无情，与其双双狠狠跌伤，不如止损留住曾经拥有，于是一个眼神肯定，他们举杯互祝前程似锦，决然放手转身，立于对立的两端，从此盘旋在各自的高空。再见面时眼中只有平静的表象，隐藏其下的，是炙热的余烬，汹涌的暗流。

合：一笔浓墨重彩的未完待续。

32.

这剧情也太引人入胜了吧！

我看得目瞪口呆，忍不住重头播放了一遍，专注地看了大半，才蓦然发现这居然是我第一次认认真真地欣赏他的作品。

在一个剪辑的视频里，另一个主角还是我自己。

怎么说呢，感觉还挺奇妙的。

33.

我正在这股奇妙感里虚虚漂浮着呢，休息室的门突然被人有节奏地敲了敲。

屏幕上两人站位渐近，我看得入神，还以为是小陈回来了，头也没抬就喊了声“进”。

34.

门被推开了，半晌无声。

羞答答静悄悄可向来不是小陈的作风，我奇怪地转头看去，看见方才还在小屏幕上的人活生生地站在了门口，神色有些怪异地看着我。

第二章

尴尬救火员小陈

1.

我觉得吧，看重口味电视剧被父母撞见的尴尬也不外乎如此了！

不对。

这个人是从宝贝球里放出来的吗？他出现得也太突然了吧？！

我手速如风地锁掉了手机屏幕，把手机狠狠翻过来扣住，对顾依凉笑笑：“啊，你好啊。”

顾依凉瞟了一眼我的手机，又默了片刻才跟我问了声好。

要不怎么说是实力派呢，一呼一吸之间，他就把情绪调整好了，跟我打招呼的神态多么自若，简直浑然天成不见一丝破绽……

不，现在不该是夸他的时候。

2.

我快把自己的手指绞断了，才勉强保持镇定，找话题来填补这无边的尴尬气氛：“我们的对手戏还蛮多的，有空一起对对戏。”

“嗯。”他点点头，“我刚进组，过来跟大家打个招呼。”

对话的内容是没什么问题，可是怎么感觉语序这么混乱呢？

我也点点头：“哦，哈哈哈！你吃过才来的吗？”

他顿了一下：“还没。”

我接不下去了，心里的小人尴尬得浑身抽搐。

3.

还是小陈解救了我，他风风火火地拿着两杯奶茶跑进来，咋咋呼呼地说：“你没说你要加什么小料，我就买了两杯，你看你想喝哪种！”

他一转头发现顾依凉也在，立刻一本正经地站直了身体，叫了一声“顾哥”，顾依凉也跟他问了声好。

终于找到了话题，我道："等等就开机了，你没吃东西不太行吧，喝杯奶茶垫垫肚子？"

我问完，又想起刚刚扫过的一篇文里貌似提到了顾依凉不爱喝甜的，便补充："都是少糖的，不会太甜。"

顾依凉微微一愣，点了点头。

4.

啊，尴尬救火员小陈。

要是没有他，我还真不知道该怎么办了。

我感恩戴德地从他手中接过两杯奶茶，仔细看了看。

一杯里面什么都没加，纯奶茶；另一杯里面加满了椰果、布丁、珍珠、芦荟、仙草，鼓鼓囊囊地挤在一起，像是一瓶杂烩握在我手中。

这孩子真是个鬼才。

5.

我强忍着浑身尴尬的战栗，咬着牙对顾依凉说："你看这……要是你不介意的话，我们把两杯都开了，把小料匀一匀？"

一句话说完我都快尴尬得灵魂出窍了，满心期待顾依凉会摆手说"不用了"，然后赶紧离开我的休息室。

立刻，马上。

6.

"嗯，好。"他却走到我身边坐下了，从我手中拿过其中一杯奶茶。

大概是见我没有动作，他看了一眼杯子上的塑封，出声问道："有刀吗？"

这也太不按常理出牌了吧！我愣怔地看着他，还是小陈连声答"有有有”，找了一把干净的水果刀递给他。

他轻轻巧巧地用刀尖在两杯奶茶的塑封盖上划了一圈，撕开了封口，又从塑料袋里找出了勺子，问我：“你想加什么？”

我如梦初醒地答：“仙草就好。”

他就把仙草都捞出来放进了我的杯子里，又问：“别的都不加了？”

我摆摆手：“不了不了，你不是没吃饭吗？多吃一点，补点血糖。”

他沉默半晌，有些为难地看着面前那杯配料丰盛的奶茶：“还有这么多呢，再加点别的吧？”

7.

我说：“那加一下你的微信吧。”

遥想刚出道走清新路线的时候，我的粉丝曾经把我比作山涧清泉。

我看我是间歇泉，汩汩地间断性失智啊！

不止我、顾依凉，连小陈都愣了，三人携手，齐心协力组成沉默怪圈。

8.

我们静坐抗议似的在房里安静地坐了半晌，小陈可能是待不下去了，扯了个去洗手间的借口，率先告辞。

于是只剩我和顾依凉两个人相顾无言地对坐在休息室中，尴尬得你侬我侬，尴尬得不分彼此。

还是顾依凉会做人，他打破了沉默，拿出手机三两下点开二维码的界面，话音仍是平静的：“之前忘了加你，不好意思。”

我赶紧接道：“没有没有，哪会哪会。”

我把手机拿了起来，又把手机放了回去。

我极力维持着淡定，微微一笑：“那个，不如……我直接用你的手机搜我的微信号？”

他大概也想起了刚刚进门时看见的一幕，不露痕迹地僵了僵，然后把手机递给了我。

9.

好，微信是加上了。

就当是为“娘子军”的伟业添砖加瓦了吧！

请神容易送神难，奶茶是我开口请人喝的，总不好开口赶人走吧？

我坐立难安地咬着吸管，看顾依凉慢条斯理地，呃……吃着那杯足料的奶茶。

寂静无声，唯有尴尬胜过万语千言。

我别无他法，只能放空去想些有的没的。

比如这家奶茶的味道还不错，比如等会儿上戏的时候身位该怎么走，比如现在的气氛虽然称不上融洽，但……这还是出道三年以来我们俩坐得最近的一次。

每次出席活动，我们总一个坐在东一个坐在西，那是因为我们的定位不同、路线不同、咖位不同，又有各自的交际圈，主办方当然不会把我们俩的座位安排到一起去。

结果就是进一步坐实了我们俩不合的传闻。

所以……难得他跟我坐得这么近，让我正面接受他盛世美颜的洗礼。

也不是我非要盯着他看啊……主要是休息室拢共就这么大，搁不下我的视线。

我小口地从被咬扁的吸管里吸着奶茶，打量着他的侧脸。说真的，他长得是真的好看，我光是看着他的脸都能写出一篇美学与艺术鉴赏专业论文。

开玩笑的，我文采不好，写不出来。

他未免长得太好看了吧，就好像祖师爷往他身上泼的不是满汉全席，而是糖、香料，还有美好的味道……

10.

大概是发现了我一直在看他，顾依凉从镜子里回视了我一眼，顿了一下，礼节性地夸赞道："你这个扮相还挺好看的，青灰色很衬你。"

来了，商业互吹的时候到了！我看着他穿着一身砖红色，想也没想就脱口赞道："你这个扮相也很好看啊，配我……"我尴尬一笑，"的衣服……"

11.

苍天，我多想在此刻化为一枚拔地而起的避雷针，让万千雷电都朝我劈来，助我原地飞升。

向我开炮！向我开炮！

我大气不敢出，也不敢再往别的地方乱发散思维了，只能挂着尴尬又不失礼貌的假笑，浑身僵硬地坐在他旁边。

他看着我半天没说话，只是轻轻笑了一声。

不是那种为了缓解尴尬的干笑，也不是那种略带讥讽的嘲笑，就是那种简简单单很开心的笑。

他未免笑得太真诚了吧，简直可以用脸上的笑来给人灌迷魂汤。

12.

他还在笑，所以……有这么好笑吗？

我看着他笑啊笑，像被风吹倒的金黄麦穗，像被累累硕果压弯的枝条，像憨厚的农民伯伯笑弯了腰。

你看，我都在心里默背完了一首童谣，他居然还在笑。

我忍不住问："你干吗啊？"

他终于止住了笑，话里却仍带着笑意："以前我怎么没发现你这么逗趣？"

这题我会！我表情诚恳，瞬间作答："因为你没有一双善于发现美的眼睛？"

他欲言又止地看着我。

13.

不能再让他说话了！不然我真的管不住我这张间歇性失智的嘴啊！

被尴尬感折磨得濒临崩溃时，我在他再度开口的前一秒，飞快起身一把捂上了他的脸。

顾依凉大概是被我突然奋起的动作吓到了，身体僵直了好一会儿才轻轻蹙起了眉头，不解地眨了眨眼，温热的鼻息一阵阵扑在我手指间。

意识到这个举动也挺失智的，我正准备把手松开，真挚地跟他道个歉，小陈就推门跑了进来，嘴里嚷着："准备准备就位了……"

14.

小陈看看我，又看看顾依凉，再看看我捂在顾依凉脸上的手，大惊失色，利落地回身"砰"的一声把门关上，几步跨到我跟前，诚恳地劝说："卫哥，法治社会，杀人犯法！"

15.

我觉得《澜诀》是拍不下去了。

我颤巍巍地收回了手，颤巍巍地抚住了额头，余光瞥见顾依凉欲言又止，又颤巍巍地摆了摆手，示意他别再说话。现在的我可怜弱小又无助，经不起任何风吹雨打和哪怕一丁点儿的刺激。

道歉、打哈哈、开玩笑、说客套话、微笑道别……一套连招打完，我与小陈一起用九十度鞠躬饱含歉意地、恭敬地送走了表情隐隐破裂的顾依凉。

然后我们俩如释重负地松了一口气，身体软烂地仰头倒进了转椅里。

16.

话说我出道三年，虽然一直不温不火，但可谓是顺风顺水稳步上升，除了一些无关痛痒的黑料之外，还真没什么难倒过我。

我以为我这叫作“吉人天相，福星高照”，结果叫作“不是不报，时候未到”啊！敢情劫难都扎堆在这儿等着我？

顾依凉才进组第一天，我就把他得罪了，这也太尴尬了吧？

17.

我在脑海中把这段插曲从头至尾回顾了一遍，试图找到一些他没生气的佐证。

倒不是我怕他给我使什么绊子，但冤家宜解不宜结这个道理，任谁都懂吧。

他疏离克制态度彬彬有礼——素养好。

他笑不露齿表情端正良好——形象好。

他进退得当说话滴水不漏——双商高。

回顾完了，我脑中除了一片“好好好，高高高”的赞誉之声之外，别无他物。

我甚至隐隐有种被圈粉了的错觉。

18.

罢了，虽然我对顾依凉不甚了解，但他看起来像是个好人，我想他应该是不会与我计较这些的。

我乐观地想着，简单地收拾了些东西，与小陈一同往外走。

对了，他还拿走了那杯没吃完的杂烩奶茶，说等会儿慢慢吃。

我还能说什么呢？

顾依凉——一个勤俭节约、珍惜粮食、味觉失灵的高素质人士。

19.

剧组片场有些混乱拥挤，场务、助理、化妆师、化妆师助理跟漏了气的气球一样，无规律地四处乱飞，我小心地找了个空地候着，放空地打量着剧场百态。

然后我就看见了顾依凉。

他一只手拿着手机，另一只手仍拿着那杯还剩大半杯的奶茶，脸上没什么表情，似乎刚接完电话回来。

我还没考虑清楚是不是该上去跟他打个招呼说两句话，腿就朝他的方向迈过去了。

20.

他没看见我，垂眼看了一眼手里的奶茶，然后脸上露出了一种类似“厌恶”的神情。

我愣了一下，看见他拢起袖子，想也不想便扬手把奶茶倒进了身旁的垃圾桶里，又把杯子和塑料勺丢进了不可回收的垃圾桶里。

扔完垃圾，他拍了拍袖口，转头就对上了我震惊难言的视线。

21.

刚刚的大风大浪，我都没见他露出此刻这样空白尴尬愣怔的表情。

他看着我，微微张开了嘴，似乎准备解释，但是那边的导演喊了声要我就位。

我没再看顾依凉，转身就走。

我勉强维持表情如常，但心潮止不住地起伏，似有一只巨手在其中翻搅，堪比六级海啸。

原因无他。

我只觉得：随手扔个垃圾还谨记着要分类，这究竟是何等优质的人设啊？！

太圈粉了吧！

第三章

依凉日记 1

节选 1

又工作到凌晨两点才收工，我很累。

这两天还要进陆导的剧组，想到这一点我更累。

其实我不太想去。

一是可能因为五月病犯了，疲于工作，我只想闷头在家睡觉。

二是因为我的一个粉头（指粉丝团“头目”）连发了五天的私人消息给我，说我的对家也在组里，让我要小心提防着他。

总被提醒着要提防这提防那，就好像世界无比艰险，独有我一人纯善似的。

但我还要口吻和善地回复这些言论。

说实话，有些烦。

节选 2

其实有些时候我不太懂来自粉丝的关爱。

算了，她们也是好心。

节选 3

有点烦，好不容易提前收工回家，洗澡水还没放好，我又收到老头子来找我要钱的短信。

我说明天白天再转给他。

三十万又三十万，三十万之后又三十万，我翻着转账记录，觉得我比无间道里的陈永仁还惨。

明天要进组，督促我提防对家的信息又发来了，真是一刻都不消停。

我扫了一眼，大概是说对家即使不给我使绊子，也会想办法讨好我攀附我，让我注意人心险恶云云。

我没回。

其实也不能怪粉丝担心。

对家叫卫言梓，跟我同属一个公司，年纪比我小一些，风评一直都不太好。

倒不是说他的为人有问题，而是说他获取资源的方式有问题。

在自己的日记本里写这些，应该不算是在搬弄是非吧？

总之，他的演技有目共睹，三年下来没提升多少，却一直稳定地拿到不错的资源，这本来就是一件容易惹人非议的事，罔提他还被拍到过与圈外大佬出国度假——应该是被公司处理了，没被曝光，但确有此事。

别的不说，他的样子看起来还挺和善的，是那种白净秀气，看起来偏乖的长相。每次见到我他都会彬彬有礼地打招呼，带笑的眼神也很干净。

怎么说呢，挺可惜的。

如果他能把伪装的功力用在正途上，应该能闯出一片天地。

不懂他为什么要在镜头前藏拙，而且是藏大拙……大概是偏爱不劳而获吧。

节选 4

今天我进组了，总的体验是：尴尬。

虽然我对我的对家本身其实没有太大的意见，但在重重黑料与粉丝的洗脑下，偏见还是无可避免地有一些……总之我跟剧组的同僚们打了一圈招呼，捱到最后才敲响了对家休息室的门。

原本我心情有些忐忑，毕竟我们是所谓的“对家”，也不知道他对我会不会有意见，结果一进门我就看到他正在看我演的戏。

见我来了，他像是吓了一跳，动作表情很是僵硬地收起手机跟我打招呼。

我是真看不出来他这是真的“天然”，还是故意演出来的。

我想，他也许是在看我的作品，以便能多了解我一些，好以此接近我？

毕竟进门之前我还收到了粉头的消息，说他点赞了官方公布我要进组的微博，意图蹭我的热度。

哎，接下来就是一通尴尬的互动，他问我要不要喝奶茶，还特地提了一句不会太甜。

只能说他的准备工作和调查都做得挺充分的，连我偏爱的口味都知道。

之后我们顺理成章（问号）地加上了微信。

说实话，他说起玩笑话来的时候……嗯，还挺有趣的。

万一他只是单纯诚心地想和我熟识呢？有几个瞬间我这么想。

或许我不该怀着恶意去揣测他的，可是先入为主的思想有些收不住。

这直接导致了尴尬的最高潮。

也怪我。

我刚从他休息室出来就接到了老头子要钱的电话，心情一下子跌到谷底，烦躁得不行，连带着看什么都觉得不顺眼——然后我看到了手里那杯来自“不劳而获”之人的奶茶。

一下子没控制住情绪，我顺手把奶茶扔了，结果正好被对家看见了。

其实根本不是冲他去的，我只是心情不好而已。唉，他的表情……貌似看起来挺不敢相信的，我想他应该是被我的举动伤到了。

我有点内疚。

唉，希望可以找到什么办法弥补一下。

比如……他在提升演技方面有需求的话，我一定会全力相助。

第四章

“娘子”大军，教会我爱

1.

假设：一个演技很烂的小明星，被对家撞见正在看两个人的剪辑视频，还接连用疯言疯语与疯狂之举冒犯了他三次。

问：有什么比这更尴尬的事情吗？

答：在这位对家老艺术家般认真、慈祥、专注、审视的目光注视下，演完一场戏。

2.

昨天见面时的尴尬感还萦绕在心头，我完全猜不透他为什么要这么做，只恨不得对他高歌一句“你不要这样看着我”。

难道他就没别的事可做了吗？

我快要不知道“尴尬”两个字怎么写了，连脊背都是酥的，眼神恍恍惚惚凄凄切切地看着与我演对手戏的男主角，原本邪魅狂狷的人设半点没演出来不说，还硬是演出了该属于女主角的缠绵悱恻来。

男主角下戏之后看都不敢看我，跟他打招呼他都红着脸躲避。

啊！是内疚吧！我想。

3.

不但如此，等我好不容易熬到了收工，这位德艺双馨的对家多站了片刻才上前来拍了拍我的肩膀，客客气气，又略有些局促地小声说有机会的话可以教我演戏。

啊，对家真好，像家一样，是我背后最坚实的依靠，是最温柔的港湾。

才怪咧！

这么一针见血地指出来未免太伤人了吧！

4.

要不是他的表情太过真诚，我都要怀疑他是故意来挑衅找碴的了。

方圆五米内的剧组人员都听呆了，手上动作没停，就拿眼睛往我们俩这边瞟，估计是期待着我闻言暴起，跟他擦出些冲突的火花来，给剧组再创些热度。

大概是意识到了自己说的话有些问题，顾依凉愣了几秒，有些懊恼地抬手摸了摸鼻尖："啊，不是，我的意思是……你刚刚的表现实在是有些……"

越描越黑了啊！说好的高情商呢？！

眼见着剧组成员的耳朵都快竖到天上去了，我连忙打断了他，装出一副自来熟的样子："有机会的话当然好啊！正好明天的戏我还没跟你对过呢，你现在有空吗？"

他诚实地答："没有。"

我哑口无言。

5.

他真的不是来挑衅找碴的吗？！小陈呢？！

不知道他究竟意欲何为，我左顾右盼地找小陈，却求助无果，只能对着他哈哈干笑："是等会儿有戏吗？"

见他点了点头，我小心地客套道："我今天的部分已经拍完了，那……我看着你拍一场？"

我忍了忍，把"也好学习学习，观摩观摩"这句略带嘲讽的话咽了下去，祈求他这尊大佛赶紧高抬贵手放我回休息室，免得剧组人多口杂又传出些我们俩不合的消息来。

他松了一口气似的，一副真切的开心模样，微微笑弯了眼睛："好啊。"

我又无语了。

6.

能不能有一次，哪怕就一次，他能按照我的意愿来行事啊？！

说出去的话覆水难收，我带着妆，云里雾里地抱了张折叠凳跟在他身后，随着他跑到了相邻的片场，在等他补妆的间隙看了一眼手机。

基于昨天手滑点了个赞，我成功收获了对家粉丝倾情赠送的人参万两。开小号太麻烦，还容易被无孔不入的粉丝扒出来，我吃一堑长一智，学会了掩藏自己——直接武力征用了小陈的微博账号。

我刷得开心，刷得放心。

7.

倒不是我多想深入了解粉丝饭圈，我只是有些舍不得“娘子军”超话里的和谐氛围。

更重要的是，我实在摸不透顾依凉在想什么，总不好直接去问吧，兴许从粉丝群体下手是条捷径。

超话里置顶的微博，是一条她们总结出来长达一百三十九页的PDF。

囊括各类我们上过的综艺剪辑、接受的采访剪辑、上电台时的音频剪辑，内容翔实，图文并茂，看起来省力又省心。

我昨晚囫囵吞枣刷了一遍，也算对顾依凉的人设有了个大概的认知：是个好人。

要不然刚刚他那么直截了当地当众说可以教我演戏，我早翻脸了。

8.

尤其是在剪辑拼接出来的我与顾依凉的访谈视频中，我们俩对同一件事常常有着相似的观点和看法，连吃东西的口味、私服的风格、业余爱好和音乐品味都类似，这更让我坚定了他是个好人这一看法。

9.

确认了一遍小陈的关注列表，又确认了一遍小陈的粉丝列表，再翻过了小陈的微博，很好，一点跟我有关的蛛丝马迹都没有。

不愧是鬼才小陈，行踪隐蔽，身份成谜，连我本人都看不出来他是我的生活助理。

10.

要嗑就要嗑全套。

我搜索了一个入饭圈的攻略，按照攻略的指示先下载了一个超级星饭团，关注了我自己和顾依凉，又拿小陈的微博关注了“娘子军”超话，再在里面找了几个粉丝大手加了关注，又下了一个豆瓣小组，最后把一个匿名论坛放入了收藏夹。

锵锵锵！单口嗑糖狂欢派对，正式拉开帷幕！

我好兴奋啊，忍不住搓了搓手！

11.

极力八卦使人快乐加倍，使人容光焕发。

看完了超话，我感受到了被温暖、被宠爱的氛围。

对家粉丝，教我成长，

娘子大军，教会我爱。

12.

我佛了，折佛了。

我即使是死了，钉在棺材里了，也要在墓里，用这腐朽的声带喊出：娘子 is rio！

我看得怀疑人生，陷入了心情激荡过后的疲倦空茫之中，握着手机昏昏欲睡。

手机突然一下接一下地振动了起来，强行把我从瞌睡中唤醒。

我按亮屏幕看了一眼。

13.

你的小宝贝顾依凉 Liam 微博冒泡了。

你的小宝贝顾依凉 Liam 微博冒泡了。

你的小宝贝顾依凉 Liam 微博冒泡了。

你的小宝贝顾依凉 Liam 微博冒泡了。

你的小宝贝顾依凉 Liam 关注了 @ 卫言梓 William。

你的小宝贝顾依凉 Liam 发新微博了。

你的小宝贝卫言梓 William 被 @ 顾依凉 Liam 发微博说什么了。

14.

@顾依凉 Liam：进组了，感谢@卫言梓 William 拯救了我的低血糖。期待着与大家的合作！

配图是一张手绘图，上面画着一杯小小的奶茶，瓶子上的脸还带红晕的那种，画得还挺萌，也不知道他从哪里搜来的图。

我当然是第一时间就诚惶诚恐地转发了微博，并谨慎地配上了一句：“大家都要记得按时吃饭，不要把胃搞坏啦［右哼哼］［左哼哼］！我同样很期待！”

料想黑粉们是挑不出什么错处来的，你看，他们除了喷喷我蹭热度抱大腿假惺惺外，也说不出什么其他的来了嘛。

今天的我在面对黑子时，依旧笑中带泪。

15.

对！差点忘了，还剩一条新刷出来的超话消息没看。我看了一圈，见大家都低头忙自己的事，就拿手往手机侧面一掩，悄咪咪地点了开来。

嗬！

是一条针对我们俩发的那条微博的总结。

16.

首先，从星饭团的记录上可以看出来，顾依凉微博频繁上线下线整整四次，并且前三次都没有任何操作，到最后一次上线才关注了我，然后发了那条微博。说明他忐忑犹豫该不该这么做，但又想着反正我们都出演同一部戏了，同一剧组的人互相关注不是什么怪事，还能借此光明正大地跟我互动，所以才下定了决心。

其次，他首次使用萌系配图，还在图片上加了一个“一路同行”的滤镜。

再次，他发出那条微博的时间是整点，而我转发的时间是整点零一分，说明我几乎是秒转秒回。

难道这些还不足以说明我们私下里关系其实很好吗？

最后，我发的那两个哼哼的表情——

17.

我没能看完，因为顾依凉又蓦然站到了我身边，一边整理着袖子，一边随意地问我：“在看什么呢？”

这个人怎么老是神出鬼没的啊！

“刷刷微博，哈哈哈！”我迅速锁掉了屏幕，装傻充愣地仰头看着他，“你补完妆了？好久啊。”

话一说完我就想，这么说会不会有些不对，也许会让他觉得我架子很大，我正准备再补两句玩笑话，他就一脸歉意地开了口：“抱歉啊，这几天皮肤状态不好，不好上妆。”

呜，他真是太好说话了。

完全忘记了这人在半小时前才当众给了我“难堪”，我感动地对他行着注目礼，目送他站到了镜头前。

18.

不等正式开拍，一站在镜头下，他的气场就变了，整个人犹如脱胎换骨。

是哪种脱胎换骨呢？

就是白素贞“勤修苦练来得道，脱胎换骨变成人”的那种，简直叫人挪不开眼睛。

19.

说是来观摩学习的，我却半点心思没用在这上面。

原因无他，只因我紧张啊！

执行经纪人欣慰地看着他。

导演、副导演赞许地看着他。

青年演员或崇拜或妒忌地看着他。

艺术指导、武术指导赞赏地看着他。

我紧张操心忧虑忐忑惴惴不安担忧还半带惊惶地看着他。

20.

他吊威亚我恨不得飞身上去给他接着。

他舞刀枪我恨不得飞身上去给他当盾。

他站树枝上我怕树枝折了，上房檐我怕他摔楼下了，坐在荷塘边我怕他掉池里了，跑步我怕他脚崴了，就连男主角给他倒了杯热茶我都怕那茶水太烫，恨不得飞身上去给他吹凉。

21.

要问为什么，因为我有忧患意识啊，朋友们！

整个剧组里他唯一的对家是谁？

是我啊！

整个剧组里在外界看来跟他有矛盾闹不和的是谁？

是我啊！

万一他出了什么事（呸呸呸），他的粉丝第一反应会觉得害他出事的人是谁？还是我啊！

22.

不要觉得我夸大其词。

我出道刚半年的时候，一次顾依凉在离我大半个祖国的地方上直播节目，节目组没安排好嘉宾的出场顺序，C位（指中间突出位置）让他这个新人站了，这件事给他招了一小波黑。

而当时的我正好跟朋友在南普寺里上香，被人偶遇了。

好，事情就变成了我在远程诅咒他。

连我的粉丝“美言们”都是这样认为的，还偷偷夸我干得好，有竞争意识。

23.

试问谁家庙里能办理这业务啊？

菩萨能同意吗？

我是去求姻缘的好不好？！

这事我是怎么知道的呢？

别问，问就是小陈的锅。

24.

当然，这件事也被记载在了“娘子军”的大事记中。

在她们那儿，我是知道他第一次上直播节目，特意去给他祈福。

看路人拍到的我表情多虔诚，看粉丝遇到的我面色多和善，看我跪拜的姿势多标准，看我上香的样子多磊落。

奈何节目组太不争气，出了演出事故，辜负了我的一番苦心。

千错万错都是时运的错，千锅万锅都是节目组的锅。

一口咬定直接盖章不允许任何质疑，不接受任何反驳。

25.

没有对比就没有伤害，只有在“娘子军”眼里我才是个善良的宝宝，是个为情走钢索的小可爱。

大恩大德无以为报，日后我一定找机会跟顾依凉熟络起来，一了她们的夙愿。

26.

顾依凉终于在我殷殷的注视下，顺顺利利地拍完了今日份的戏。我正长舒着气，就对上了他的视线。

不等我说些什么，生活助理、副导、场务、要签名的群演就呼啦啦地涌上去围住了他和男主角，我揉了揉发酸的腿，跟他笑着挥了挥手，被不知从哪儿回来的小陈半扶半拽地带离了片场。

27.

我惴惴不安了一整天，怕被人当成变态，回到酒店里锁上门关了灯拉上窗帘，又战战兢兢地看了一遍剪辑视频。

一个剪辑视频里，我被问及欣赏的类型，我笑着说要高高瘦瘦事业心强且只会对我暖的冷美人；后面紧接着一个顾依凉的采访片段，主持人问他要是谈恋爱的话自身会做出一些什么改变，他目光温柔地说只会在恋人面前做出改变，对其他人一切照旧，也不会因为感情耽误事业。我惊得面膜都差点掉了，幸好及时扶了一把，才没白白浪费掉一张 SK-II。

28.

自我们出道起，诸如此类的“隔空喊话”不胜枚举。

所以这才是我们能成为对家的理由和依据？

29.

我在沿海城市出生，上节目我打趣说我是海的儿子；顾依凉那边就发了条微博推他最喜欢的童话故事《海的女儿》。

顾依凉录电台的谈话节目说他一直很想去一趟阿姆斯特丹，但工作太忙挤不出时间；我的 ins 就碰巧发了一张我在荷兰度假的旧照，配字是歌词：我由布鲁塞尔坐火车去阿姆斯特丹……

我有一次拍戏扭伤了脚踝，发微博卖惨；顾依凉的圈内好友正巧发了一个小视频，视频里顾依凉接住了一只失足从床上滚落的小奶猫，轻声说：怎么这么不小心啊。

30.

有的人活着，他已经死了。

有的人死了，他还活着。

31.

这究竟是为什么呢？

我们出道三年，现实中的交集少得可怜，罔提在大众面前的交集了，为什么会被凑为对家呢？

我实力分析了一番，得出原因有二。

一、我们俩的颜实在太能打了。

二、这帮人八卦和洗脑的功力真是太强了，连我本人都快被忽悠了。

第五章

依凉日记 2

节选 1

不善言辞不该是我的人设，但不知道为什么，一对上对家，我就有些不知道该怎么措辞得当地说话了。

可能还是因为不够熟吧。

真是脑子搭错筋了，我居然当着剧组人员的面跟他说可以教他演戏……也太狂妄自大且不尊重人了。

幸好没有冒犯到他……还是他没表露出来？唉，怎么总是在他面前做出一些非我本意的行为。

内疚的事又多了一样。

他并没表现出被冒犯的样子，甚至主动提出要看我演戏。说实话，我是很乐于看到他如此上进的，毕竟他给人的感觉很干净，希望他能早日摘掉“不劳而获”的标签吧。

拍戏的时候，对家一直紧张地看着我，视线热切得叫人无法忽视，尤其是当我做出一些危险动作的时候。

我又不是第一天拍戏了，至于这么担心吗？哈哈哈！

我怎么莫名开心起来了，大概是被人关心的感觉实在不赖吧。

我被他看着拍戏，压力莫名有些大，力求尽善尽美一条过，效率高得令我自己都有些惊讶，希望他以后能多多看我拍戏，这对我对他应该都会有帮助。

对家看我拍戏看了那么久，我下戏的时候原本是想直接去找他的，结果围着我的人太多，我没能跑出去。他大概是站得太久了，走路都摇摇晃晃的，被小陈扶走了。

本来应该让我来扶的，毕竟他是担心我才站了那么——等等，有人敲门。

节选 2

回来了。

是对家，他拿了说是很好用的面膜给我。

他记得我白天提了一句最近皮肤状态不好吗？

我正写着与他相关的事，真人就出现在门外了，总有种被抓包的感觉……

应该是怕我多想，他先是展示了面膜还没开过封，然后有些慌乱地反复强调这面膜他自己也在用，觉得效果不错才推荐给我——简直像是做微商的，我没怀疑他啊。

怎么我又莫名开心起来了？大概是因为他给人的感觉真的挺有趣吧。

我不过随口提了一句，他居然特意亲自送面膜过来……好歹是个准二线啊，一点架子都没有，也不像旁人风言风语里提到的那样眼高于顶、目中无人。

我想我不该再通过旁人的形容来认识他了。

节选 3

对了，我发现他貌似真的很爱看跟我相关的东西。

今天又瞥见他在看我发的那条微博，明明他自己都转发过了……

虽然是不小心看到的，但擅自窥探他人隐私总归是不对，我要反省。

我不想再恶意揣测他了，虽然可能一时改不过来，但无论他是想接近我还是想讨好我，总归他没切实地做出什么惹我厌恶的事来——他个人的私事不在讨论的范围内，我也不该过于苛责他。

如此，一想到我这两天对他做出的举动，我的内疚感更重了。

我不知道能做些什么，希望至少粉丝不要再误会我们的关系不好吧。

第六章

顾依凉甚少接触网络

1.

我指天发誓：我，卫言梓，就连初中情窦初开时给隔壁班的小姑娘递情书，都没有像给顾依凉送面膜的时候那般紧张忐忑。

一怕我唐突，二怕他觉得我心怀不轨，三怕他皮肤敏感用了出差池，但我咬牙把东西送过去了。

也没什么特别的，他好心提了要教我演戏——虽然场合有些不对，但也是一份善意嘛，总要礼尚往来的。

2.

我敷着面膜倒在床上看手机，先是发了一张营业型的自拍照，按例翻了几个风趣评论的牌子，又空降粉丝群问了几声好，回头就发现微博评论炸了，场面堪比迈克尔·贝一手执导的好莱坞大片。

我心里霎时一紧，生怕是我又触怒了粉丝饭圈的哪道“天条”，比如社会上出了啥大新闻我却没表态，而是在岁月静好地发自拍——我战战兢兢地点开了评论，一张顾依凉的帅脸瞬间映入眼帘。

3.

能不能告诉我，他为什么要拿着我送他的面膜自拍，还发在我的评论里啊？！这是在做微商还是在干吗啊？！

好歹文字配个“谢谢”也好啊！只有“分享图片”四个字是怎么回事？！

4.

我发现我永远都猜不透他的举动，想回两个问号又怕粉丝误会，只能试探性地回了他一条：“[疑问][疑问] 还不睡啊？”

他的评论很快就出现在了我的微博提醒中：“[微笑] 晚安。”

5.

我把手机甩了出去。

我又把手机捡了回来。

6.

一、基于从粉丝那儿习得的“顾依凉甚少接触网络”的清流设定，我不太确定他那个微笑的含义。

二、基于从粉丝那儿习得的“顾依凉甚少接触网络”的清流设定，我不太确定他那句“晚安”的含义。

7.

一向水火不容的两家粉丝难得在这层楼里达成了一致，下面一水儿的省略号，多是来自我家“美言”，少数来自他家闻风而来、过来逮人的粉丝“贵妃”们。

大概是从这不明所以的对话中揣摩不出自家正主的用意，大家默契万分地保持了缄默。

我……

我也揣摩不出来啊！

8.

我犹豫着要不要给顾依凉发条微信，问问这是不是公司的安排，反反复复地把微信点开了又关掉，手机机身都发烫了也没把消息发出去。

倒是他的消息先发了过来。

Liam：明天剧组会开放半个小时的粉丝探班时间，之后就闭组了。

Liam：到时候要不要一起过去？

Liam：不然他们老以为我们是对家。

9.

啊，原来如此。

我晓得了，“对家”一说深入人心，他大概也不堪其扰，终于决定要在粉丝面前跟我演上一出破冰大戏了！

他也太聪明了吧，这于我于他都是好事啊，简直双赢！

我激动地捧着手机，像虔诚地捧着一根橄榄枝，逐字给他敲了回复。

William：好啊好啊！谢谢你！

William：你太好了！

William：爸爸真是没白疼你（表情）。

10.

那边久久没有回音，微信也没个上下线提醒，我估摸着他应该是睡了，就乐呵呵地关了微信，点开“娘子军超话”看了一眼。

啊，你们有福了，即将迎来出头天了啊！

11.

果不其然，超话里锣鼓喧天、鞭炮齐鸣、彩旗招展、人山人海，那是人间有真情、人间有真爱，人人脸上都洋溢着幸福的喜悦，眼中都闪烁着兴奋的光辉，祝福声问候声此起彼伏，叫我看着也觉得心情明媚。

一想到终于能洗去多年的冤屈，我的嘴角真是弯得压都压不下去，恨不得蒙在被子里偷笑出声。

灿烂心情一直延伸到了梦里，又从梦中脱身出来，用力拥抱了清晨。

12.

“快乐加倍容光焕发”都不足以形容此时的我了，我甚至有一种谈恋爱的甜蜜也不过如此的错觉。

换成别人会作何感受我是不知道的，反正我现在觉得我就像一个鹤发童颜的极乐老神仙，出门都带着精气神。

13.

离开放粉丝探班还有一段时间，我换完装，在剧组里衣袂飘飘地晃来晃去，像一只快乐的青灰色小蝴蝶，见着谁都笑吟吟地打招呼，从“今儿天气不错啊”聊到“这个机位我该怎么走位”，再讲到“今晚是不是该有剧组全员聚餐”，把人侃得一愣一愣的，我又挥一挥衣袖，去寻下一个人聊天。

啊，快乐无极限。

14.

小陈不知从哪里冒了出来，把我拽得一个踉跄，差点栽到他身上。

还没等我稳住身体，他眼疾手快地搀住我的胳膊，扬了扬手里的保温盒，苦口婆心道：“言言赶紧把早餐吃了，别像只扑棱蛾子似的到处飞。”

OK，我心情好，不跟鬼才计较。

但我还是没忍住，收着力气擂了他一拳。

15.

我眼睛里的隐形眼镜没戴正，余光隐隐看见一个红色的身影从不远处晃了过去，等我眨了眨眼，就看不着了。

开机时明明拜过神了，应该……不会有什么妖魔鬼怪吧？

我微微打了个冷颤，接过了小陈递来的生煎包。

16.

热度来得快去得也快，昨夜的微博风波很快就被归结成了“剧组宣传”，平息了下来。

生煎包有些烫口，我小口地咬着，扣上了手机，在小陈的协助下从休息室里搜罗出了一堆小零食，又拿出了公司定制的答谢粉丝的小礼物，堆成了一座小山。

万事俱备，只欠顾依凉了！

17.

念头一起，休息室的门就被敲响了，顾依凉探了个头进来，脸上没什么表情：“好了吗？”

不知道为什么，总觉得他似乎心情不太好，语气也带着疏离。

不就是在粉丝面前演一出好哥俩嘛，至于这么为难吗？

我奇怪地看着他，又怕他久等，急忙咬了两口包子就站起了身，含含糊糊地答：“好了好了……”

小陈又拽了我一把，差点把我撂翻：“慢点慢点，别把胃伤了，曼姐说……”

我好不容易把包子咽了下去，收着力气给了他一下：“就你这力气，我在犯胃病之前，怕是胳膊要先被你扯掉。”

顾依凉奇怪地看了我们俩一眼，稍稍收起了几分疏离的情绪：“不急，时间还没到，你可以先吃完。”

“哦……”我坐回了原位，“你不会又没吃东西吧？”

他似乎没想到我会这么问，愣了一下才摇了摇头：“还没。”

18.

怎么感觉我的休息室像个食堂……

我看了看保温盒里所剩无几的生煎包，怎么也不像拿得出手的样子，就伸手从柜子里翻出了几袋芝麻糊："吃不？"

小陈别的不说，眼里那是真的有活儿，一见顾依凉迟疑地点了头，就迅速就在一旁把水烧开了，又拿了个干净的保温盒给我。

即使顾依凉并没提出异议，我还是补了一句："放心，这是我减肥的时候拿来代餐的，不太甜。"

何止是不太甜，我怕等下他尝了味道会以为我下了抑制味觉的毒。

他顿了一下，走到我旁边坐下，接过我手里的芝麻糊自己撕开往碗里倒："你这么瘦，还要减肥？"

真是难得听他挑起这种能够聊下去的话头，我感激涕零地接话："拍戏需要啊，导演说要精瘦一点这角色才有邪妄的感觉。"

他闻言意外地望向了我，又没忍住轻笑了一声："邪妄……你究竟是为什么要接这个角色啊。"

怎么又把天聊死了呢？！

我死死地看着他，语气毫无起伏："展望未来，挑战自己。"

"我不是那个意思……"他似乎想为自己解释，一副有些懊恼又想笑不能笑的样子，都快拿手去掐自己大腿了。

"好了好了，"我把热水递给了他，"等你教我呗，我多看多学。"

他应得有些过分认真，又说："但你……嗯，已经比大多数人要敬业了。"

19.

敬业？

这个词用在我身上也太陌生了吧，我琢磨了一会儿才反应过来：“哦，你说减肥啊，这是工作需要啊，没什么特别的吧。”

毕竟演技才是硬指标。

顾依凉没再说什么，默默地吃着调好的芝麻糊，倒是身上的疏离感又淡了些许。

20.

真是佩服他能这么面不改色地吃完那碗纸糊般的芝麻糊。

眼看时间要到了，我调整了一会儿心态，不断催眠自己与他其实是多年密友，亲切地递给了他一瓶水让他漱口，又艰难地拿宽大的袖子捧起了零食和小礼物，与他一起出了门。

他一路上都欲言又止地看着我，终于从我怀里拿过了几样摇摇欲坠的物件：“分我一点拿吧。”

“多拿点多拿点。”我把袖子一斜，让怀里的零食像山体滑坡一样往他怀里倒，“拿去分给你的粉丝啊。”

“太多了……”

“没事没事！”

第七章

我把他拉黑了

1.

虽说我和顾依凉之间有着一线差距，但来探班的粉丝数量倒是不相上下。

两班人马一见对方手上的粉丝应援物就迅速拉开了距离，自觉地分作了两堆，分别扎在小道两侧，视线一致地望着出口，自家粉丝不推不挤，撞上了对家粉丝的目光也不像在网上那般剑拔弩张。

两边都有人持着各类器材全程摄影，毕竟粉丝行为偶像埋单，每个人都自觉地体现出自己粉圈的高素质，试图在这方面把对家力压下去；同时目光如炬，试图挑出对家粉丝的错处。

这是一场没有硝烟的战争。

2.

结果顾依凉和我，用手臂搭轿子似的，纠纠缠缠地捧着一大堆礼品零食有说有笑地出来了。

那场面有点尴尬。

3.

时间毕竟有限，我们也没再跟对方客气，招呼了一声就各自把东西拿了一半，走向自己的粉丝堆里。

我跟“美言”们打了个招呼，把怀里的零食都给了一个眼熟的“大粉”：“可能不太够分给每一个人，你们回程路上拆了一起吃呗？”

“好的好的。”小姑娘大方地迅速找了个袋子把东西都装好，又拎起了两个大包递给我，“给剧组准备的吃喝已经交给工作人员了，这里面都是‘美言’们准备给你的礼物，绿的那包里面是鲜果和甜品，要及时吃啊，不能放，放了就坏了。蓝的那包比较杂，有礼物有信，你自己看哈……”

我失笑，每回见着她们，都跟小时候住校的时候见着我妈一样，她们就差跟我说要和大家好好相处，不要被欺负了。

“要跟工作人员处好关系啊，”小姑娘往顾依凉那儿看了一眼，紧张兮兮地压低了声音，“对家……有没有为难你啊？”

4.

我：“顾依凉！”

顾依凉转过头来看我，略带疑惑。

我：“笑一个！”

顾依凉冲我笑了一下，倾国倾城。

5.

感谢他的配合！

我收起了忐忑的心情，转头看向表情惊碎的“大粉”还有表情稀碎的粉众，笑了笑：“知道了吧，好着呢。”

看她们还得震惊一会儿，我掏出手机，点开支付宝：“这次又花了多少钱？”

大部队回过神来，七嘴八舌地拦我：“这次都是工作了的‘美言’们出的资，没让学生党花钱。你可别报销，报销了会被黑成你自己掏钱给自己应援的。”

行吧，我捋了捋袖子：“要签很多吧？快点快点，只有半个小时呢。”

她们变魔术似的从各处凭空拿出来了一沓沓手幅、扇面、海报……

我交由手臂肌肉记忆去工作，边签边跟她们闲聊了几句。

6.

说话间“大粉”突然轻轻扯了扯我的衣袖，一脸纠结又神秘的样子，示意我把头低下来。

我疑惑地稍稍垂下头去，听见她在我耳边轻声说：“娘子？”

没想到你这个浓眉大眼的家伙也叛变了啊！

我一脸茫然两眼疑惑地将三根手指掩在唇边，悄声道：“啊哈？”

7.

正主下场有违粉丝饭圈准则，偶像是不能离粉丝的生活太近的。感谢这首家喻户晓的歌，我糊弄了过去，松了一口气。

正签着“To 签”呢，顾依凉叫了我一声，说：“过来一下好不好？”

我看了“美言”们一眼，她们纷纷用眼神和口型赶我过去，急得就差上手推我了。

有种被老母亲卖了的感觉，我把笔和签名还给她们，小跑过去：“怎么啦？”

顾依凉笑笑：“她们想要一张我们的合影。”

8.

那敢情好啊——

还没等我感慨完，他作戏作得真够卖力，伸手就勾住了我的脖子，我则下意识地揽住了他。

早已养成了面对镜头的反射动作，我们俩齐齐冲着镜头一笑。

9.

这居然是我们认识三年以来的第一张合照。

那边还有个地下“娘子军”大粉看着呢，我准备拍完就立刻松开他，可那镜头连闪个不停，快门声跟雨打窗沿似的噼里啪啦作响，我找不到时机动作。

他目光柔柔，略带歉意地看了我一眼，我望着他深邃的黑眸，无所谓地笑笑。

10.

在我们对视的这一秒，我心里有一个粉丝之魂分裂了出去，用第三视角看着这一幕。我清楚深刻地知道，这张照片要是发出去，超话又要“炸”了。

然后我被顾依凉勾着脖子走向了那个正面摄影的“大粉”，眼睁睁地看着他要过了摄像机，认真地挑了两张照片出来，让那个“大粉”直接传给他。

11.

这两张照片——

一张是我们齐齐对着镜头笑，我咧嘴笑弯了眼睛，他抿唇莞尔。

另一张是我们对视，似有千言万语凝结在望向对方的眼中。

我一身青灰，他一身砖红色。我那天说得没错，这颜色搭配起来确实和谐得很。

这一秒，我清楚深刻地知道，这两张照片都要被他发出去了。

也是在这一秒，我清楚深刻地认知到，顾依凉，才是“真•rio•娘子大手”。

12.

由两位正主牵头，两家粉丝状似和谐地说笑打闹了一会儿。

一碗水要端平，我又拉着他让我的“美言”们拍了几张，时间就差不多到了。

我看着工作人员催促粉丝们离去，叮嘱了几声让她们回程注意安全，眼睛一瞥便看到有个眼生的小姑娘站在离我不远的地方，欲言又止地看着我。

我朝她挥挥手，笑了一下，让她注意安全。

她突然下定了决心似的，“噔噔”跑过来，从包里抽出一张白纸，和油漆笔一起递了过来，说想求个“To 签”。

“刚刚怎么不一起给我呢？”我拔开笔盖，“To 谁？”

她小声地说：“To……@威廉廉威……”

13.

这名字听起来有些耳熟，我凝神回思。

这不就是前天我看的那部 MV，写剧本的那位作者嘛。

她写文产量极高，据说占据“文粮”届的半壁江山！

14.

我觉得是时候重新审视一下我的粉圈构成了。

你们一个个的演谍战剧演得挺来劲的嘛！

我是活在柯南的世界里还是怎么的？黑衣组织里除了我一个，其他全是卧底吗？

那平时你们为啥还要跟对家粉丝撕得死去活来的呢，其乐融融一家亲不好吗？！

我忍住心中凌乱，赶紧把角色调整回来，恢复成了处变不惊的“爱豆脸”。

15.

大概是我“石化”得太久，威廉廉威有些不安地摆了摆手：“没事的没事的，不要勉强！”

我赶紧道：“没有没有，要签什么内容？”不知为何她递来的只是一张白纸，我有些奇怪地问，“怎么不拿手幅过来呢？这纸很容易弄皱吧。”

她声若蚊蚋地如实答道：“呃……剧组开放探班的时间太突然了，没来得及准备，我打算拿回去找个画手朋友补一幅画的。”

“啊，这样啊。”我不疑有他地拔开了笔盖，适才写完我的名字，顾依凉就走了过来，问我：“怎么还不回去？”

他看了一眼我手里的白纸，浅浅地皱起了眉头，不解地问：“怎么是白纸？”

顾依凉刚站到我身边，威廉廉威就低低地“嘤”了一声，听他发问才又解释了一遍，末了不知从哪儿掏出了另一支油漆笔，小声道：“那个……能请凉凉也签个名吗？”

16.

毕竟她明面上还是我家粉丝，我正担心顾依凉会对她观感不好而不同意，他就好笑地接过了笔：“签啊，为什么不行？”

他唰唰地写了个自己的大名，又看了一眼纸面上大片的空白，沉思了片刻，道：“我们签的这位置……回去你也不太好画吧？”他看了看我，笑道，“你是他的粉丝吧，不介意的话，不如我给你画一张他？”

17.

我：“哎？”

他还会画画？

太圈粉了吧？

不是，原来我们关系这么好的吗？

18.

威廉廉威在那儿疯狂地点头，一边从包里拿了本书给他垫在纸下，一边小声“嘤嘤嘤”得跟在报晓打鸣似的。

我非常理解她。

事实上，若不是形象限制着，我也挺想跟她一起“嘤”的。

19.

“时间不够，就画个Q版的吧，画得不好可不要怪我啊。”顾依凉这么说着，几笔就勾勒出了一个脸圆圆的我，又一笔笔地添上了些细节，姿势表情发型穿着都是参照昨夜我发的那张自拍来的。

亏我刚才还担心他会不记得我长啥样呢！他画得也太好了吧！

我跟看见神笔马良似的，眼睛都亮了，出声怂恿他：“左边我名字上面还有位置，再画个你！”

“太自恋了吧……”他说是这么说，还是依着我的提议，在空白处画了一个他自己。

最后一笔画完，他把纸张还给了我，笑道：“检查一下？”

20.

什么叫艺术品？这就叫艺术品。

说实话，我都想把这张画扣下来私藏了。

21.

我捧着那张画，直到听见一旁的威廉廉威从喉咙管里发出一声忍耐到极点的嘶鸣，才恍然记起她的存在。

正在想那个“To签”要交由谁来签，她双手颤抖地从我手中取走了那张画：“不要‘To签’了不要‘To签’了，不要让我的名字破坏这份已臻化境的美好，我不配……”

我：“嗯？”

22.

她小心地把画收了起来，背好了双肩包。

“快回去吧，回去的路上注意安全。”顾依凉对她说道。

我接道：“到了跟其他人报个平安。”

她红着眼睛向我们用力挥手：“改天再来探你们！”

23.

总觉得这场景哪里有些奇怪。

没等我理出个头绪，顾依凉侧头对我笑笑：“怎么搞得跟送孩子去上大学似的？”

不就是一起见个粉丝吗？怎么感觉我们突然间就以超光速熟络了起来啊？

那我们俩被对方的粉丝连喷了三年究竟是为了什么啊？！

24.

我拎起一蓝一绿两个大包，小陈不知道从哪里冒了出来，劈手夺过了我手里的包：“言言言言，放着我来，不然等会儿被拍到，你的粉丝又要说助理怎么可以让我崽自己拎包包了。”

我好笑道：“就几步路而已。”

结果另一只手上的包包也被拿走了，还是被顾依凉拿走的。

他看着我呆滞的表情，掂了掂那个绿色的包：“绿的，配我。”

我：“你没觉得你这话哪里有瑕疵吗？”

他：“当我没说。赶紧回去，等下导演要催了。”

25.

男女主角正在拍对手戏，我百无聊赖地坐在片场外的小马扎上候着，东张西望。

顾依凉靠在我旁边的桌子上小声地背台词。

“我以为我会忘记的，都放进了心里，我以为会放进心里的，全刻在了骨头上，让我……”

可能是这苦情男二的台词太酸了，以至于他顿了几秒。

我想也没想地接了下去：“让我一想起那些画面、那些话语、那些交集，就好痛，铭心刻骨的痛，因为我清楚地知道，如是种种，往后都不会再有了……”

26.

他略有几分惊奇地看了我一眼：“你怎么会背？”

这是男二和女主角的对白，跟我没什么关系，难怪他会惊讶。我诚实地答：“每个人的台词我都会背啊。”

说得太夸张了，我补充：“也就这几场戏，之后的我还没看。”

他更惊讶了：“你看过就能都背下来？”

我点点头：“看几遍就能背，不过拍完就忘了，不然太占脑容量。”

27.

他哗哗翻着手里的剧本，随便挑了一段：“呵，说得倒是冠冕堂皇，撕开——”

我：“你那张虚伪的面皮，不过是一个泼皮无赖、无耻狗贼。”

他：“若儿，你看这天色——”

我：“已然暗沉，离最近的镇子仍有数里，不如我们就在此处将就一晚。”

他：“阿晚！你的腿！”

我：“一点小伤，不碍事的，你没伤到吧？”

他：“你的眼、你的笑——”

我：“灿如星辰，温如夜风，是我见过最明丽的风景。”

28.

他不管是念谁的台词，都能调整出相应的生动表情和语气，我则一副死鱼样，全程“棒读”（缺乏感情地朗读）。

顾依凉轻轻吸了一口气，沉默地看了我半晌，把目光转回到了剧本上：“你晚上有空吗？”

我一愣，探头去看他手里的本子：“这是谁的台词？没有这段啊！”

他噎了一下，无奈地看我一眼：“不是，我是说你要是有空的话，跟我对对戏？”

那当然好啊！“老艺术家”请不吝赐教！我欢脱道：“好啊好啊，你在房间等我就好，我洗完澡就过去。”

29.

正巧拿着小电扇走到我身边的小陈表情骤变，警惕地环顾四周，欲言又止地看着我，又看看我旁边的顾依凉，把小电扇往我手里一塞，将身一扭，从遮阳伞下跑走了。

随后，我的手机振动了两下，显示收到一条新微信。

30.

橙色暖阳：言言啊，说话的时候注意观察一下周边环境，那么多人听着呢。

我感到莫名其妙，对话框里又“唰唰”跳出来几条新信息。

橙色暖阳：我八卦一下，你是不是找好了狗仔蹲点，想陷害对家让他身败名裂？

橙色暖阳：这不太好吧。

橙色暖阳：还是你想捉弄对家，骗财骗色？

橙色暖阳：还是你想捉弄对家，虐身虐心？

橙色暖阳：这不太好吧。

橙色暖阳：需不需要我准备些什么？帮得上忙的地方你尽管开口！

31.

我把他拉黑了。

第八章

卫顾建交

我和我对家

1.

我们正拍的《澜诀》是一部由小说改编的双男主古装剧，讲的是顾依凉所扮演的穿越者在古代魔教中、在主角的算计下艰难求生的故事，我这个如边缘人一般的男三，虽说对于剧情举足轻重，但没多少戏。

虽然算起来没多少戏，可每一场又十分重要，基本上不是剧情的转折就是剧情的高潮，实在是让我这个花瓶有些摸不着底。

说自己是花瓶好像有些自恋了，盆栽好吧，我就是一盆盆栽。

2.

早早拍完了今天的部分，我颓然窝在休息室里跟小陈打《炉石传说》。

陆导照顾我，已经把不那么重要的部分都往前挪了，让我边拍边找感觉，好应付之后的重头戏。可我只觉得越拍越挫败，尤其是在接连两天看了顾依凉的出彩表现之后。

真是人比人气死人啊。

3.

放眼全剧组，大概只有在游戏上虐虐小陈能让我找回些自信了。

小陈沮丧地仰头长号了一声，道："又开一把啊？剧组差不多该发晚饭了吧？不如我们……"

我头也没抬："收声，打！"

他立刻安静如鸡地把视线投到了屏幕上。

4.

战局正胶着，我挡下了几次小陈偷偷投过来窥屏的视线，转头就看见一身休闲打扮的顾依凉出现在了门口。

他是没有自己的休息室吗，怎么整天都往我这里跑啊？

小陈一见他来，立刻不顾我的劝阻，如获蒙恩点了投降，跳起来收拾东西去了。

5.

我问："怎么啦？不是说晚上再过去吗？"

小陈那边噼啪掉了个粉饼盒。

他说："时间还早，要不要一起吃晚饭？"

小陈那边哐当掉了个眼影盘。

我问："你不怕被拍到吗？"

小陈那边当啷掉了个修容粉盒。

他说："我知道一家味道不错且隐蔽性强的，离剧组不远。"

小陈那边——

我："小陈你有完没完？撒你随意撒，你干脆把我的化妆包剪碎了随风吹向大海呗？"

小陈一脸视死如归："走，你们快走，我替你们打掩护！"

顾依凉："你们在排小品？"

6.

我在小陈悲壮的注视下抓起手机卡包站起身，扯着顾依凉就走。

顾依凉被我扯得一个踉跄，反拉了我一把，在门口站定："就我们两个人去吗？你助理呢？"

我："饿死他。"

7.

气得有些口渴，我又折回屋内，从"美言"们送的那个绿包侧边抽出了一瓶蜜茶，看也没看就准备拧开来喝。

顾依凉看见我的动作，皱眉拦住了我的手：“别喝，给我。”

我不明所以地把瓶子递给了他。

他低头仔细看了看，眉头皱得更紧了，语气也有些严厉：“你第一天出道？怎么粉丝送的东西不检查一下就喝？”

我细看了一眼他手中的瓶子，果然有开过的痕迹，里面的液体也有些浑浊，便讷讷道：“大概是哪个粉丝喝过的，放在包包边上忘了。下次我会注意的。”

他沉着脸拧开了盖子，用手扇了扇瓶口：“好像是加了洗洁精还是肥皂水。”

“好……”我听完，跟罚站似的站在一边，认错。

他又拿手机拍了一张饮料瓶子的照片，才把瓶子扔掉，转头跟我认真地强调：“一定要注意。有些人会……”

8.

其实我也不是不知道要谨慎些，只是“美言”们送来的东西都是经由我认识的“大粉”层层把关的，没有过相关的前科，我才大意了。

他讲事实摆道理举案例跟我说了一些黑粉和“私生饭”的恶劣行径，再三叮嘱要我一定小心。

总感觉……这样的顾依凉，好能给人安全感啊！

恨逢君迟、恨逢君迟！

9.

顾依凉像是动怒了，一路无话，周身气压快要低到了地心，直到我们在饭店的隔间里坐定，他的情绪才缓了下来，出声找服务生要了菜单，又递了一张给我。

其实稍微想想就能猜到他为什么生气了。

这么说吧，那瓶蜜茶放在包包的最外侧，包包一直放在草坪上，如果说那瓶蜜茶真的被动过手脚，那是我家粉丝做的可能性大还是他家粉丝做的可能性大呢？

10.

大概都没有我心大吧，出了这样的小插曲，我没太放在心上，只觉得顾依凉这么真情实感地为了这件事生气，他人未免太好了吧？！

什么都不说了，恨逢君迟！

我正满心感动地出着神，他唤了我一声，说他没有忌口也不挑食，让我做主点菜。

11.

谎言！天大的谎言！

那长达一百三十九页的PDF都告诉我了，他不爱吃甜的，不爱吃醋味重的，不爱吃酸甜口的，不爱吃韭菜、苦瓜、芹菜、胡萝卜，不爱喝汤，喜欢吃鸡肉，不喜欢吃鸭肉、鹅肉，喜欢吃猪、牛、羊，不喜欢吃鱼，喜欢吃螃蟹、贝壳类，不喜欢吃虾。

这些都是粉丝们辛辛苦苦从各种渠道搜集来的珍贵情报啊！

至于准确性——

我看她们扒我扒得挺准的，应该八九不离十吧。

12.

我扫了一眼菜单，对服务生道：“一个麻椒鸡丝，一个肉蟹煲，里面别放虾，一个蒜蓉小白菜，再要两碗白米饭。”

顾依凉脸上隐隐露出了一丝惊讶，我一看就知道自己点对了，心里敲起了自信的小鼓点。

啊！我们俩友谊的破冰船！

13.

我问：“这样够吗，喝点什么？”

“嗯。”顾依凉收起了那丝惊讶，给自己点了一瓶加多宝，又给我点了一瓶蜜茶。

他居然还记得我的蜜茶！

我开心地喝着冰镇蜜茶。

14.

饭菜很快上了桌。

我们动作整齐划一地拿起筷子，同时端起饭碗，夹了一筷子鸡丝放入碗中，筷尖抵着鸡丝在米饭上压了压。

真的太过同步了，我们俩不约而同对视一秒，又一起笑了出来。

说真的，我开始觉得没早几年就跟他熟识起来，实在有些遗憾。

就这同步率，我们怎么着也能发展成至交好友、人生知己吧。

15.

我们俩慢慢地吃着喝着，天南海北地聊了些有的没的，说着说着就避无可避地讲到了拍戏时发生的趣事。

顾依凉笑着说起他之前拍一部小成本武侠剧的时候，剧组请来的群演太不专业，道具也很劣质，拍打戏的时候被人失手一剑抽在侧腰上，剑身都抽弯了，他腰上出现一条淤青，几天才消下去，又讲起那个剧组的威亚……

我听得胆战心惊，夹了几次螃蟹都没夹起来。

他看了我一眼，突兀地止住了话音，稳稳地夹了一个蟹钳放到我碗中，再开口时话锋一转："但之后就没有再发生过类似的事件了。现在的剧组很安全，毕竟千万投资呢，不要担心。"

我咬着蟹钳迟疑地点头。

他好笑地问："难道你自己拍戏没受过伤？"

我想当然地答："当然有啊，但这能一样吗？伤在了你身上……"

16.

我咽下了那句"你的粉丝会让我担全责"，生硬地小声拐了个弯："痛、痛在我心？"

他哭笑不得。

17.

又来了，如影随形的尴尬。

我哈哈哈地干笑着，不停给他夹菜，恨不得直接把菜喂到他嘴里，堵住他有可能会说出的任何话语。

他顿了一下，疑惑地看了我一眼，也给我夹菜。

我又哈哈哈地给他夹了更多。

他不甘示弱地给我夹了回来。

我把螃蟹钳子都挑出来放在他的盘里。

他把鸡丝上的麻椒撇掉夹进我的碗中。

我拿起汤匙舀起汤汁淋在他的饭上。

他拿起蜜茶给我的空杯斟满。

18.

我抽出纸巾递给他。

他叫来服务生埋单。

我：好像太热情了……

他：好像太礼貌了……

19.

高手！是我败了！

我看着自己碗里堆积如山的荤荤素素，颤着手吃了几口，终于把视线移到顾依凉脸上，艰难道：“我吃不完……”

顾依凉笑出了声，把我面前的碗盘撤开：“那你还硬吃？别撑到了。”

多好的一个人啊。

我正为他的体贴动容，就见他眨了眨眼，学着我语气生硬又小声地接道：“毕竟撑在你身，伤、伤在我心。”

20.

告辞！

尴尬不可怕，可怕的是别人记得你的尴尬。

还在你的尴尬上狂妄地撒盐。

21.

我目不斜视地叫店家打包了带给小陈的烧鹅，起身出了店门，游魂一样飘在路上。

顾依凉忍着笑追上来，手搭上我的肩：“生气啦？我开玩笑的啊。”

我面如死灰地看他一眼，推开他搭在我肩上的手：“注意影响。”

他又把手搭了上来，话里的笑音藏都藏不住：“被拍到也没什么啊，让公司发通稿说顾卫建交了不就行了？”

22.

半点铺垫没有的事，说出去谁信啊？估计大家会以为又是剧组宣传造势吧。

我不满道：“那也得是卫顾建交。”

他不解地看我一眼：“有区别吗？”

我：“好像没有什么区别。”

23.

我这个人吧，总是喜欢在某些奇怪的地方挽回尊严，我说了“卫顾念起来才响亮”“好听又有记忆点”之类的话，顺便暗暗给他洗脑了一番要把我的名字放在前面才对才好。

我们俩闲闲地说笑几句，眼见快要走到了大路上，我正准备再次推开他的手，他却先一步把手放了下来，拿出手机看了一眼。

我在心里撇撇嘴。

啧，看看这位虚伪的优质偶像。

24.

这位虚伪的优质偶像收起了手机，径直走到了一个稍暗的角落里，从兜里掏出了一包烟。

我愣住了。

我看着面前低头点烟的顾依凉，觉得这个世界不太真实。

25.

Hello？

你还记得你优质偶像的人设吗？

你还记得我是你对家吗？

你还记得我们认识三年，一直到前几天才加上微信吗？

虽然没人规定偶像明星不能抽烟，但……

26.

他看见我脸上异样的表情，笑了笑："抱歉啊，突然想抽。"

我一时失语。

不是因为他会在我面前做出此等光明磊落的举动，而是因为他虽然演技绝佳，面上滴水不漏、笑意真切，我却能感受到他低落的心情。

我说："你就不怕我拿出手机拍照留证，然后披马甲黑你吗？"

顾依凉"扑哧"一笑，无所谓地耸耸肩。

不是我说，他叼着烟耸肩的样子也太痞太帅了吧，一股落拓不羁的味道。

27.

他低头抽着烟不说话，我抬眼看着他不说话。气氛倒不尴尬，就是让我有些不是滋味。

这可是顾依凉诶，开心时笑起来那么好看的顾依凉，笑的时候就够能俘获人心了，怎么还能用低落的情绪来让人揪心呢？

我们虽然还称不上太熟，但好歹是吃过饭的交情了，我还真是见不得他这副低落的模样。

我脑子一抽，轻轻点了点他拿着烟盒的手："不如……你教我抽烟吧？"

28.

顾依凉有些意外："为什么？"

我："这样，你就不用怕我拍照留证，然后披马甲黑你了，咱俩生死共存亡？”

他看了我半天，然后闷闷地笑了起来，把手里正抽的那支烟递到了我嘴边。

自小到大都称得上品学兼优、无不良嗜好的我，表情复杂地伸手接过那支烟，放进嘴里，试着吸了一口——

然后我被呛了个半死。

29.

顾依凉毫不意外地把烟拿了回去，笑着给我拍背：“现在知道什么该学，什么不该学了没？”

这个死腹黑！我眼泪汪汪地瞪他：“你站着别动，就这个姿势，保持住，我现在就拿手机出来拍照留证！”

他笑个不停，拿出自己的手机点开相机，把我拉到他身边，嘴里叼着烟，勾着我的脖子一通连拍。

30.

他用的是 iPhone 自带的前置相机。

好，我相信他是个直男了。

这人究竟能不能有点偶像的自觉啊？！

31.

对自己的脸足够自信，也见识过他挑选照片的功力，我没要求看看拍得怎样，只是眼睛瞟到了他的手机屏保，是一只正在打瞌睡的猫。

那只猫的花色看起来有点眼熟，好像就是他圈内好友发的那个视频里，被他接住的那只小奶猫。

我指指他的手机：“这是在视频里被你接住的那只猫吗？长大了

啊。”

他仍搭着我的脖子，稍稍愣了一下。

32.

完了！

我该怎么解释我在没关注他和他圈内好友的情况下，看到了那条转发量只有几百的古早视频啊！

我又摆出了处变不惊的爱豆脸，内里抓耳挠腮五脏俱焚，大脑高速运转，试图找出合理的解释把话圆回来。

他却摸了摸鼻尖，有些不好意思地笑道：“原来你看到了啊，那你之后拍戏的时候……有稍微小心一点吗？”

33.

我蒙了。

如果我活在一本漫画里，这一格的画面就会是我满脸阴影线，目光呆滞地张开嘴，一只白白胖胖的灵魂从我嘴里冒出来。

34.

我装傻挂上迷惑的尬笑，歪头问顾依凉：“啊？什么意思？”

虽然我的演技很烂，但我现在的确是被震傻了，的确很迷惑，的确很尴尬，也的确觉得这情境很好笑，所以我脸上的表情一派浑然天成。

顾依凉看见我的反应，也蒙了一下，然后抬手捂住了眼睛，几分无奈几分懊恼几分好笑：“我还以为你知道了呢……”

我：不是，我知道什么了？您能不能把话说明白点啊？我心脏病快要犯了！

35.

我不动声色地观察着他的表情，小心翼翼地问：“知道什么？”

他一脸坦然地掐掉了烟，摆摆手：“你那时不是脚扭伤了吗？我看我的粉丝群里她们闹腾半天，还有人去你微博里骂……我正好看群消息看到了，就觉得她们有点无聊，我跟你又没什么过节。

“你发的那张照片，拍得太让人揪心了，明眼人一看就知道有多严重，她们一直吵吵嚷嚷地说假。”他轻轻皱眉，又摸摸鼻尖，笑了一下，“经纪人管着，我又不能直接出来说话表态，跟你本人也不熟，就拍了个视频让朋友发了，然后一整天没发微博，她们大概知道我不高兴了，就没再说什么了。其实我没想到你会看到那个视频，就算你看见了，我说得那么没头没尾，你估计也不知道是什么意思吧。”

36.

我听得一愣一愣的，感觉灵魂分裂成了两半。

一半放下了心来，拍着胸口感慨幸好他不是什么变态，人设一点没崩。另一半则满脑子问号：他一个连喜欢的童话故事都要特意发条微博提一提的人，为什么要维护我这个话都没说过几句的对家啊？

他太善良了吧，怎么会有形象这么正面的人啊？

他这简直就是在用套野马的力度圈粉啊？！

37.

“刚刚你问起我，我还以为你知道是什么意思了呢……”他笑着说道，话音顿了一下，转头看我，“对了，你是怎么看到的？”

我后颈倏地一凉。

完了，我只顾着感慨和纠结，忘了想理由。

换作是平时的我，大概早就扯出一些瞎话搪塞过去了，可现在的我被满脑袋的叹号问号和诡异的感觉阻塞住了思绪，只能愣怔地看着他。

38.

顾依凉看着突然死了机的我，眼中貌似闪过了一丝了悟，突然笑了起来："好啦好啦我不问了，我们快回去吧，不是还要对戏吗？"

怎么了这是，这就过关了？

我摸不着头脑地"哦"了一声，跟着他往酒店走，又觉得难得把话说开了，是个解释误会的大好时机，实在机不可失，就强行把脸上的情绪都塞回了心底，认认真真道："对了，郭导那部戏……真的不是我做的手脚，是公司说你临时有事……"

39.

那时我听曼姐说，郭导的那部戏他争取了很久才得了一个角色，都由经纪人放消息出去了，那个角色最后却给了我。

就算没有黑粉们的大力渲染推波助澜，单纯地就事论事，也该是他心头的一根刺吧。

"我知道。"他却道。

我愣了一下，满脸疑惑地回望着他。

"郭导那部戏……"他有些烦躁地抓了抓头发，"我的确是临时有事——家事。是我违约在先，跟你没关系。"

这……我是真的大吃一惊。

毕竟公司那边都没跟我提过这件事，就连外界都不由分说地给我扣上了一口乌黑发亮的巨锅，公司也没打算帮我掀锅，一副默认的态度，搞得我还真以为他们偏心把资源给了我。

40.

虽说莫名被黑是挺不爽的，但我确实拿到资源了，也没什么好挑的。

我这么想着，顾依凉那边就给我道起了歉来。

他：“对不起啊，真的很不好意思，抱歉。”

我：“没关系。”

咦，这段对话怎么这么耳熟呢？

这不就是我之前的助理拿伞打到他额头时，我们之间的对话吗？

41.

我一个没忍住，小声笑了出来，对上了他不解的视线，我忍着笑解释道：“对了，之前在滨海影视城，我真的不是故意让助理打你额头啊。”

他小小一愣，艰难地回忆了片刻，才道：“啊，那个人是你啊？”

42.

所以我这么多年都是白白被黑的吗？！

我究竟何其无辜啊？！

Why（为什么）？ why？ why？！

这到底是我对家还是我冤家啊？遇见他究竟是福是祸，是对是错，是看破是软弱啊？！

第九章

我是他对家

1.

我浑浑噩噩地走在他身边，快走到酒店门口，就看见一个身姿曼妙卷发红唇的女人正站在大堂外，远远望向我们。

顾依凉脚步一顿，拉着我转身就走，又被那女人直呼了大名，生生止住了脚步。

我的魂在八百里外飞着，叫都叫不回来，完全没看明白这是个什么情况，只知道他莫名其妙好起来的心情又莫名其妙地低落了下去。

我看了那女人一眼。

咦，这个妹妹我见过的。

2.

我曾在公司附近撞见过他和这个女人几次，看起来挺亲密的样子，有一回还被拍到了，但照片里的他们只是在说话，没任何逾规越矩的动作，就没掀起什么浪花。

现在近距离看见了她的长相，原来顾依凉喜欢这种美艳款的啊。

气质有点俗。

3.

女人拢了拢头发："招呼都不打一个？"

顾依凉脸色平静，语气也淡淡的："你来干什么？"

女人呵呵一笑，瞥了我一眼，气定神闲地对顾依凉说："不跟你朋友介绍一下？"

顾依凉稍微沉默，没什么表情地偏头看着我："这是我小妈。"

什么嘛，原来不是女友啊。我一秒回魂，迅速把戳进心口的刀子拔了出来，礼貌性地朝女人点点头："妈。"

4.

顾依凉目瞪口呆。

女人瞠目结舌。

我哑口无言。

风吹得人心都凉了。

我脊骨发麻，僵硬地笑道："哈哈，活跃一下气氛，阿姨你好啊。"

看起来年龄不超过三十岁的女人几不可闻地磨了磨牙："你也好。"

顾依凉微微颤了一下，像是在忍笑，拍了拍我的背，示意我先回去。

我"尴尬癌"发作，本就意图飞速逃离现场，自然求之不得拔腿就走。

5.

走出几米，还没踏入酒店的大门，他们的对话被风送入了我耳中。

顾依凉："你到底来干什么？"

他小妈："没事就不能来找你？"顿了一下，她继续道，"来找你还能有什么事？"

顾依凉："昨天才打了三十万过去，你们到底有完没完？"

他小妈："三千万。"

顾依凉："没有。"

他小妈："不就是你一部戏的钱？"

顾依凉："没有。"

他小妈："那我们明天头条见？"

顾依凉没说话。

6.

我左脚一定，跟个圆规似的又转身走了回去。

见我回来，他小妈得意地扬了扬手上的文件夹，十拿九稳地对顾依凉笑笑：“资料我都整理好了，不然先让你朋友过过目？”

顾依凉的手微微动了一下。

我道：“好啊，给我看看呗。”

他小妈愣了一下，把文件夹递给了我。

7.

顾依凉目光沉沉地看着我。

我不缓不急地翻开文件夹。

8.

“学历造假，”我“哦”了一声，“这料不早就澄清过了吗？前年九月他上电台的时候说了他不是科班出身，出道后公司安排他同期在北影进修。这公司里都有留档的，没问题啊。”

我往下看：“陪酒换资源……这不是郭导的那部《烟雨缘》嘛，是不是原作者的采访就没人看啊？原作刚出来的时候作者就说过这个角色是为他而写的了啊。哇！这照片拍得也太糊了，去年三月十八号，那天他在H城录节目，怎么还能跑到B城的会所里去陪酒啊？”

又翻过一页：“吸毒？这个有点严重……尿检报告呢？相关证据呢？就贴一张他消瘦的照片？这不是他拍《暗夜》的时候吗？按导演要求暴瘦二十斤，当时公司都准备发通稿宣传他敬业了，怕引起粉丝不满对剧组有影响才没发出来，去宣传那儿找找应该还有记录的吧……”

9.

他小妈难以置信地打断我：“你是他经纪人？”

我扯开口罩对她笑笑：“我是他对家。”

10.

十句谎言里有一句真话，人们就会以为那句真话是假的。

十句真话里有一句谎言，人们就会以为那句谎言是真的。

但黑料不一样，只要在一堆假料里掺上一个实锤真料，人们就会对余下的假料也信上几分。

我翻着手里的文件夹，一条条驳斥，直到看到了作为定海神针的那条“真料”。

11.

里面仅贴着一张四年前的伤情报告，白纸黑字，红章鲜艳。

我转头看向顾依凉：“你当时喝酒了？”

他答：“没有。”

我问：“你逃逸了？”

他答：“没有，是我叫的救护车。”

我问：“后续治疗的费用？”

他答：“一直在付。”

我问：“恢复得怎么样？”

他答：“年前刚出院。”

我顿了一下，一字一句地问：“是你把人撞伤的？”

他默了默，掷地有声地答：“不是。”

他小妈尖声道：“什么不是？！”

12.

我看向顾依凉他小妈，把文件夹合上还给了她：“您尽管去爆料，料爆得出来算我输。”

她有些惊慌失措地看着我，又拿眼睛瞪着顾依凉。我看着她的目光觉得不爽，把顾依凉往我身后一拽，本想呛她几句，转念一想觉得算了，这毕竟是别人的家事，就笑了笑：“阿姨再见。”

我拉着顾依凉想走，她一把拉住了顾依凉的手腕，慌乱地说：“三千万，就三千万，你刚刚不是问有完没完吗？就最后三千万，不然我就去找媒体……”

顾依凉任我拉着，甩开了她的手。

13.

她这是把顾依凉当什么了？提款机？这打哪儿来的吸血鬼啊？

我真是听着都火大，抢在顾依凉之前开了口：“三千万？您真要得出口啊！您是不是还没搞明白情况，您手上的东西根本威胁不到顾依凉，找媒体？您看看过了今晚，有哪家媒体会理您？”

顾依凉侧头看我一眼，我盯着她脸上明显是新做的苹果肌，笑了笑：“好，就算您有能耐，爆得出去，那我友情提供三千万请人公关好吧，保证把他洗得比您脸上的粉还白，把他捧得比您嘴上的唇膏还红，他照样有戏接有钱赚，冲金奖拿影帝。但跟他闹翻了，您还能不能保住您这张假脸，可就难说了是不是？”我点点她手上的那个文件夹，勾了勾嘴角，“还有撞人的这件事，您该不会是以为时间久了就查不清楚了吧？包庇、窝藏，我猜怎么着也能把您扯进去吧？看您的表情，是想说顾依凉也能被扯进去？那不好意思，我能友情把他捞出来，至于您和那位真正的肇事者……”

14.

她喉咙滚动几番，面色难看地死死瞪着我，顾依凉上前一步挡住了她的视线，凉凉道：“你现在回去，每月三十万打到顾商卡上，你再在这里闹，一分钱都没有。”

她又想伸手去抓顾依凉，惊声道：“每月三十万？！之前……”

高亢的话音顿住，我们眼睁睁地看着她被小陈叫来的保安捂上嘴巴，架着就走。

15.

目送她挣扎着被拖出了视线范围，我和顾依凉神色复杂地看向小陈。

小陈舒了一口气，感慨道：“现在的‘私生饭’真是太可怕了，真是一刻都不消停。”

16.

三人相顾，半晌无言。

小陈眼睛一垂，往我们身上一瞟，表情微微一变，凑到我耳边低声道：“我什么都没看见，什么都不知道！”

他饱含敬意地对着我抱拳，也不等我说话，就一溜烟地遁走了。

17.

这人怎么总是神出鬼没来去如风？

我不知所措地看着他离去的背影，

顾依凉轻声笑道：“你这个小助理还挺有意思的。”

“何止是有意思……”我无奈又好笑地接腔。

18.

看顾依凉微微垂下了眼帘，我意识到现在不是该“吐槽”小陈的时候。我领着他回了大楼，按了电梯，安抚性地拍拍他的背：“别担心啦！”

我本想说如果他不放心的话，可以联系一下公司，让他们提前做好危机公关的准备，但这也难保公司不会为了流量搞出一些幺蛾子来，我就没多嘴，只说：“不会有事的。”

他拿出手机来，话音平缓地倒像是在安慰我：“是没事，他们只是想要钱而已。你把话说得很明白了，他们要是跟我闹翻了，就什么也捞不到，他们不会这么做的。”

19.

我盯着电梯间显示屏上跳动的红色数字，没再细问。

他们他们，还能是谁们？

一个正当红的二线鲜肉，一个狮子大开口的年轻小妈，一段扑朔迷离的车祸疑云。搞得跟悬疑剧似的，猜都猜得到是怎么一回事，去问问顾依凉那个没出场的爸爸就知道了。

家家有本难念的经，但他家这本经也太难念了。

我看着低头发信息的顾依凉，心脏难受得一抽一抽的，又酸又软又疼又烦，差点开口说别认你那个爸爸了，认我吧。

我一定当个好爸爸，天天给你买糖吃。

20.

看他发完了信息，左右走廊上也没人，我伸手扯了扯他贵重的脸：“笑一个？”

他依言笑了笑，反过来也扯了扯我的脸：“你怎么看起来比我还伤感呢，也笑一个？”

大概是共情能力太过高超，说实话我有些笑不出来，勉强地弯了弯嘴角。

他看见我的表情，按亮手机拿给我看："没事了已经，讲定了每月三十万，再闹一分钱没有。一下子替你省了三千万呢，还不开心一下？"

我想起自己刚刚的口不择言，更笑不出来了。

21.

顾依凉像是扯我的脸扯上瘾了，另一只手也伸了上来，硬是拉起我的嘴角，把我的表情扯得比哭还难看，自己莫名笑得无比开心。

他开心个什么劲儿啊？

我把自己的脸从他手里救下来，揉着脸瞪他。

他笑够了，说："怎么这么护着我啊，对家？"

22.

这话我也想问你啊！对家！

而且他那问题的答案……

大概是因为我太善良了吧！

况且我们不是真的对家啊！

23.

这话实在过于自恋，我没好意思说出口，见我愣怔地看着他没说话，他兀自闷笑两声："不过你演霸道总裁演得还挺逼真的，下部戏考虑接一下相关的角色？"

哪怕心再大，被他当面指摘演技多少还是让我有些受伤，我小声地抱怨："帮你说话还嘲笑我演技……"

"哪有，我明明是在夸你。"他矢口否认，又扯了扯我的脸，低声笑道，"还以为你会信那些东西呢，你怎么会记得我……"

危机！

我避重就轻地打断他："哈，我记忆力好嘛。"

他拉长音"哦"了一声，笑着望向我的眼睛，眨了眨眼："记我的事情就不嫌占脑容量了？"

24.

他那个杀伤力极大的眨眼让我思维断线，我脱口而出："何止啊，都全被你占完了。

"不是，我是说，本来不记得的，但刚刚事态严峻，我蓦地一下全都记起来了。

"不是，我是说，记起了稍小的一部分。

"不是，我是说，我本来就只记得一部分。

"不是，我是说，我之前偶然间不经意翻看过一些你的采访，才会有部分相关的记忆。"

25.

算了，我摇旗投降，我放弃抵抗，我束手就擒。

还是让雷把我劈成焦炭吧，这样子我的死相也比在顾依凉噙着笑意的目光中尴尬至死，要来得安详。

26.

我在即将尴尬到自燃的前一秒，听见了顾依凉带着笑的声音："当我的粉丝，有这么见不得人吗？"

天哪，多么婉转悦耳，多么动听无比的天籁！

我从来没有这么感激过他的天然属性。

我激动地含泪握住他的手，摇了又摇："那你，给我签个名呗？"

27.

被他小妈这么闹腾了一通，自然是没心情对戏了，我跟顾依凉约了改日再说，互道了晚安就各自回了房。

洗完澡躺在床上，我回复了几条信息，心不在焉地滑着手机，没滑两下就把手机翻了过来，盯着手机壳上的那个签名发呆。

28.

不过简简单单地约了顿饭，我莫名其妙地跟顾依凉熟络了起来，莫名其妙地窥见了顾依凉真实的一面，莫名其妙地发现顾依凉真的跟我隔空喊过话，莫名其妙地掺和进了顾依凉的家事，莫名其……有根有据地成了顾依凉的粉丝，为了装得更像一点，还要到了他的签名。

多么波澜壮阔跌宕起伏的一天啊！

29.

我用的是一个全透明的手机壳，被顾依凉金灿灿硕大的签名一盖，整个手机就像是他的周边产品。

30.

不知道是世界疯了还是我疯了，顾依凉说礼尚往来，把笔递给了我，让我把我的名字也签在了他的手机壳上。

好巧不巧，他用的也是全透明的手机壳。

所以我们现在拥有了同款手机壳。

31.

我觉得应该是顾依凉疯了。

同样的 iPhone X，一个银色，一个深空灰，泛着细碎亮粉的金色笔迹像是给手机壳开了光。

我觉得应该是顾依凉疯了。

他像是上了头，顺手在空白处画了个迷你的 Q 版人物。

32.

我还能说什么呢？

不愧是“顾·娘子大手”，“娘子军”该有的艺术性他全都有啊！

真是好想把两个手机壳放在一起拍张照片，然后用小陈的微博账号上传超话啊！

可是我不能啊！

这种不能把福利分享给粉丝的感觉好煎熬啊！简直抓心挠肺啊！

我难耐地拧着被子在床上翻来滚去，突然想起了在探班时见到的威廉廉威，不知道她会怎么处理顾依凉画的那张艺术品，我翻出她的微博看了一眼。

33.

咦，微博竟然平静无波，真让人意外，连水花都没溅起一点。

没有发微博，没有发超话，也没有更文。

评论里有人在催更问安，她也没有回复。

我顺着她的微博资料找到了她的 LOFTER（乐乎），同样没有任何更新。

她甚至没有发顾依凉画的那张艺术品。

34.

该不会是小姑娘在回程路上出什么事了吧？

我心里一慌，把她的微博往后翻了几页，看见了一个QQ群号，我没多想，用荒废多年的旧QQ号加了进去，想打听一下有没有人知道她的情况。

几乎没费什么工夫，我通过了验证百问，加进了这个名为“百万娘子大军”的群。

一片欢迎新人的信息刷了屏，我正准备打字问问威廉廉威，就看到她的名字跳了出来。

35.

威廉廉威：欢迎新人！

不可言说：大大好。

我屏蔽振个不停的群消息，私聊了她。

不可言说：大大今天怎么不更新了？

威廉廉威：啊，我在考虑要不要封笔。

不可言说：为什么？

威廉廉威：今天见到的现实太甜了，写甜的甜不过现实，写虐的又完全不现实，没有活路了。

威廉廉威：先不说啦！群里在叫我，我去回复一下。

我一脸茫然地退出了对话框，不知道群里为什么会起风浪，就顺手点开群聊看了一眼。

群里人多，消息唰唰唰地往上翻，我粗略地扫了一眼，惊得差点把手机再甩出去。

36.

那瓶早被我抛在脑后的蜜茶，被顾依凉发在了他自己的粉丝群里。

他没指明说这件事发生在谁身上，也没说这瓶蜜茶的真正来处，只说是工作人员疏乎，把这种东西送到了剧组里，剧组已经处理好了。他还语气严厉地说希望这样的事不要发生在他家的粉丝群体里。

对话截图被他家演谍战剧的“卧底”搬运了出来，投放在了这个群里，一石激起千层浪。

37.

这事能说道的简直太多了。

众所周知他不爱喝甜的，这蜜茶一看就不是给他的，我这个签了蜜茶三年代言的人就在他旁边拍戏呢。

至于这东西的来处——粉丝不是才探完班嘛！

38.

我家粉丝又一向标榜自己管理严格审核严，常年被他家粉丝群嘲“狗腿子银针试毒”；他家粉丝则一向标榜自己清高正派三观正，常年被我家粉丝群嘲“莲花卫士衷心护主”，黑称顾依凉为“小哪吒”。

那你说这件事哪边能认？粉丝都把锅跟皮球似的往对家那边踢，一时间阴谋论漫天飞，他家、我家、“娘子军”，三家争鸣，鸡飞狗跳。

这……我是真的看呆了。

我就说今晚超话里的气氛怎么如此浮躁又诡异呢。

39.

其实这种恶劣行径并不鲜见，我半放空地联系曼姐去控评，又从我这边透了消息出去说我啥事没有，东西应该是黑粉送的，跟两家粉丝没有关系，把矛头调转指向了“私生黑”，两边的争吵才稍微小声了一些，估计等明天别家上个热门什么的盖一盖热度就能消停了。

我半放空地看着气氛渐缓的超话里慢慢涌出了后知后觉的声音，无一不是在啧啧赞叹顾依凉对我可真维护。

40.

我锁了手机，视线沿着手机壳上顾依凉的签名描画，说不出来是个什么感觉。

硬要描述的话，大概是过度震惊之后的茫然。

静下心来实话实说——

虽然这段时间以来，我与顾依凉相处得还算不错，但在看到群聊内容之前，我仍对他抱有着一丝丝怀疑，觉得他的种种表现可能都是装出来的，他其实是一个伪善的人。

不是我要以恶意来揣测他，毕竟这是在娱乐圈，人心隔肚皮，我们又被当作对家宣传了三年，确确实实是存在着竞争关系的同行，而他还……好得简直不真实。

41.

我怀疑他是伪善的，是装出来的，却不承想互动是真的，默契的同步是真的，相视而笑是真的，喝到嘴里的冰镇蜜茶是真的，手机壳上的名字是真的，维护是真的……

42.

啊，尔虞我诈是三国，真情实感的是顾依凉啊！

何其可贵，恨逢君迟！

杂乱的思绪在空茫感里叮咣乱响，我心潮迭迭涌起。

手机突然连着振动起来，我把手机翻过来，按亮了屏幕。

43.

你的小宝贝顾依凉 Liam 微博冒泡了。

你的小宝贝顾依凉 Liam 发新微博了。

你的小宝贝顾依凉 Liam 发新微博了。

你的小宝贝顾依凉 Liam 发新微博了。

你的小宝贝卫言梓 William 被 @ 顾依凉 Liam 发微博说什么了。

你的小宝贝顾依凉 Liam 发新微博了。

不知为何有些兴意阑珊，我慢吞吞地解锁了手机，登上了自己的微博账号。

44.

@ 顾依凉 Liam：今天很开心，拍摄很顺利，感谢来探班的爱妃们，你们辛苦啦。

配图是一堆粉丝送的小礼物，他的手伸到镜头里比了个“耶”。

我心想：嗯，挺官方的嘛。

@ 顾依凉 Liam：最近在读木心先生的《云雀叫了一整天》，文字很美，感触颇多，推荐给你们！

配图是一首小诗的截图。

我心想：他这人怎么像个会认真写日记的老干部，事无巨细什么都要发出来啊。

@ 顾依凉 Liam：“你的眼、你的笑——灿如星辰，温如夜风，是我见过最明丽的风景。”@ 卫言梓 William。

配图是探班时饭拍的那两张合照，没加滤镜，生图。

@ 顾依凉 Liam：粉丝福利。

配图是一张对镜自拍，他捏着自己的脸颊，看起来有点傻，但依然很好看。

第十章

依凉日记 3

节选 1

今天发生了很多事。

我已经告诫过自己两次不该再用恶意揣测对家了，可早上看见他与他的助理互动，我还是误会了他在打骂助理。我不仅给了他脸色看不说，跟他说话也没有很客气。

我对自己很失望，事不过三，不会再有第四次了。

节选 2

卫言梓，这个名字的笔画真多，还是写对家吧。

只有我知道他不是我的对家，我叫他对家和别人叫他对家的意味完全不同，这很有意思。

多奇妙，昨天之前对家与我还交集甚少，昨天见面时他还有些扭捏放不开，今天他就能扯着我的脸要我笑了。

很奇妙，特发一张照片，权当纪念。

节选 3

剧组为了做前期宣传，开放了半个小时的粉丝探班时间，对家的粉丝也会来，这是个当面破冰（根本就没冰）的好机会，我叫上了他一起去，特意当着大家的面让他把零食分我一点，希望粉丝们能明白我的用意。

他休息室里居然藏着这么多零食，他怎么就吃不胖呢？

节选 4

我的一个“粉头”……“大粉”，吃饭的时候对家说“粉头”叫起来怪怪的不好听，叫“大粉”比较好，就依他吧。

我的一个“大粉”说想要拍一张我和对家的合照，对家非常配合。

“大粉”的摄影技术不错，应该是专业学过的，画面构图和光影都无比通透和谐，我很满意，挑了两张照片准备留着发微博。

我留意了一下对家的表情，他也对那两张照片很满意，我就更满意了。

节选 5

我发现对家对粉丝极好，不是出于营业性质的那种好，而是真心实意的好，这让我很惊讶。

他总会让我惊讶。

我原以为他是个单靠“颜值”上位不劳而获的人，没想到他其实很敬业，并且记忆力惊人，应该是很有天赋的。

他甚至不会抽烟，我原本以为他……

不写了，有点伤人。

而最让我惊讶的是，他原来是我的粉丝。

他不但把我的口味记得一清二楚，还迁就我的口味点菜，甚至记得我的行程与上过的节目——有些连我自己都不记得了，真不知道这三年来他关注了我多少，把那些节目看了多少遍。

怪不得在我拍戏的时候，他会那样担忧地看着我了。

这让我对自己之前揣测他的意图，以为他刻意讨好接近我而感到万分愧疚。

不知道为什么，我感觉还挺开心的。

节选 6

对家讲话总是很逗趣，我学不来，学他讲话只会学砸，尴尬。

对家真的很天然，一点安全意识都没有，粉丝送来的东西看也不看就打算喝。吃饭的时候我特地跟他强调了剧组的安全性，他还是一脸将信将疑。

不知道是谁之前拍戏把脚扭伤成那样。

说到这个，他居然看到了那个视频，搞得我有些不好意思，末了又发现他没看懂那个视频，真是一场“乌龙”。

不过，在我解释后，现在他大概能猜到那条粉丝福利是什么意思了吧？哈哈哈！

我问起他为什么会看到那个视频，他沉默。承认是我的粉丝有这么难吗？真是……不过他最后还是承认了，还问我要签名。

不知道为什么我特别开心。

我把签名签在了他的手机壳上，效果还挺好的，我就问他也要了一个签名，两部手机放在一起还挺好看的。

节选 7

王欢绪说来说去还是老一套，腻。

我都已经习惯了，内心毫无波动，甚至有些想笑，但在她说要把那些东西拿给对家看的一瞬间，我居然感到有些慌乱，怕他会相信里面胡编乱造出来的东西。

尤其是那件事。

结果对家想也不想就选择了相信我，还生气地替我出头。

节选 8

我被对家“罩”了。

看他一条一条有理有据有条不紊地把王欢绪骂得哑口无言，嗯……我心里的感觉很奇妙，积极正面的那种奇妙，像有泡泡在心里吹起炸开又吹起炸开，哔哔啵啵，具体描述不出来，只能感受。

他在我面前一直都挺软的，没想到他会为了我露出这么强硬的一面，还推波助澜地把问题解决了。

他演什么不像什么，演霸道总裁却演得惟妙惟肖，这特别的属性未免太过特别了。

王欢绪走后，我什么都没说，他显得比我还担心，笑得那么勉强。看他那副模样，我有种想把事情跟他解释清楚的冲动，顺便向他倾诉一番。

但我没有。

归根结底还是因为我们不够熟吧，还没到可以交心的地步。

人总是要慢慢互相了解的。

希望能有那么一天我跟他真正成为朋友。

节选 9

读到一首小诗，有种微妙的触动与共鸣，摘抄如下——

“我能抗拒任何事物，除了诱惑——王尔德。”

我能抗拒任何诱惑，直到它们被我所诱惑。

第十一章

看，什么叫多方共赢

1.

虽说我在给“娘子军”们发福利的道路上来迟了一步，但我永远不会缺席。

我乐呵呵地秒速转发了顾依凉那条带着合照的微博：“#澜诀#你们最喜欢的对白是哪一句呢？@澜诀剧组V @作家佩普 //@顾依凉Liam。”

看着官方蓝V转发了我的微博并@了其他几位主演，我又乐呵呵地换成了小陈的账号去看评论。

2.

顾依凉的前两条微博下的评论还是一片“贵妃”们的欢声笑语，好不热闹，后两条微博下面突生一片死寂，已经过去十分钟了，仅有两三百条路人的留言和小广告。

我都能想象到“贵妃”们喜滋滋地从那条答谢粉丝的微博里互动完退出来，下一秒又看见偶像发了“粉丝福利”，满以为是精神慰藉，却蓦地刷出了一张合照，心神俱裂地看着我那张惹人生厌的脸——

顾依凉的微博于粉丝而言就像一盒整盅巧克力，你永远不知道下一条是不是甜的。

3.

整整十分钟啊。

昨天还在给卫言梓编黑料的“贵妃”们不说话，事情太过离奇，令人难以置信。

昨天还在给顾依凉泼黑水的“美言”们不说话，静观事态发展，按兵不动。

来探过班的粉丝也蒙了，大气不敢出，就连“娘子军”们都如同集体失声一般，不见动静。

4.

第十一分钟，“娘子军”超话爆炸了。

我乐呵呵地看着满屏加了精美滤镜的双人合照和兴奋到语句颠倒的胡言乱语——该点赞的点赞，该存图的存图。

5.

我点开自己的微博评论，意料之中吸引来了一拨原著粉的讨论，认真答题的有，夸赞剧组选角的有，质疑我演技的有，成功地转移了视线。

评论转发里的粉丝纷纷复活，抚着心口感叹“什么嘛，原来是剧组安排的宣传啊”“一看我家崽就是身不由己嘛”，安心地帮剧组带标签贴热度，怒舔自家偶像盛世美颜。

我笑得舒心。

6.

趁势连新戏都一起宣传了，我把自己往枕头上一砸，犹豫了片刻，还是联系了一下家里，替顾依凉留心一下媒体那边，不行就先把危机公关准备好。

虽然擅自插手别人的家事似乎不太好，但管他呢，今天小爷我开心，小爷我乐意，小爷我就非要替顾依凉防患于未然了。

7.

这一觉睡得并不安稳，我梦见手机振动个不停，点开一看发现全是顾依凉发了新微博的提醒。

睡前果然不宜太激动，我挂着两个乌青的眼圈坐在化妆间里，任化妆师在脸上拍拍打打，手机一振动心就一惊。

“曼姐问你怎么不回微信，”小陈坐在我身后，一手给我扇着风，一手拿着手机看，“她说公司接了一个直播平台的合作，公告已经发出去了，安排你和顾哥今晚九点开一个小时的直播，跟粉丝聊天互动，宣传一下新戏，操练一下人设，卖一下……”他疑惑地把手机递给我看，“兄弟情？这怎么卖？按斤卖？”

8.

老天开眼！救我于水火！

我一把夺过他的手机，吓得化妆师差点把我的眉毛化进了鬓角里。

9.

我跟顾依凉这两天的微博互动都小爆了一下，“# 澜诀 #”还在今早上了热搜，公司嗅到了流量的气味，迅速安排上了。

这可真是太好了！

10

有了公司的宣传造势，把炒作卖到明面上，大家心知肚明是作戏，公司、偶像、粉丝各取所需，多方共赢，也就翻不起什么浪花了。

完美！

11.

我精神抖擞饱含热情地拍了一整天戏，连导演都用惊异的眼神看着我，夸我劲头不错，让我继续保持。

看，什么叫多方共赢。

12.

临近九点，我做完造型去找顾依凉的时候，他已经打开了直播软件，在调试美颜滤镜了。

他一身休闲装，头发稍稍抓过，看起来十分随性又足够养眼，见我来了，转头对我一笑。

啊，虽然心知肚明是作戏啦，但看到他这样的笑容，我心里还是有些忐忑和不好意思。

13.

我定定心神，坐到了他身边，凑过去看了一眼屏幕："美颜开得太过啦。"

他看看我，又看看镜头里的我，对比打量了一下，把大眼那一项调低了一点："这样呢？"

"还不错。"我点点头，"用这个滤镜会不会太曝了啊？"

"那就换一个。"他连着换了几个滤镜，见我又点了点头，就定了下来。

我被他一副全听我指挥的行事态度弄得有些茫然。

14.

离九点还有一会儿，他把手机固定在茶几上，一边找着能把我们俩都拍进去的角度，一边随意跟我聊着天："你们棚的晚饭是什么？"

"全剧组都是一样的吧。"我懒散地靠在沙发上，对着镜头拨了拨头发，"最后一场戏拖晚了一点，我都没来及吃呢。"

他瞥我一眼，微微皱起了眉："你来调角度，我去给你拿点东西吃。"

"哎……"我阻拦不及，看他起身跑了出去。

不多时他拿了两个三明治回来，抛给了我。

“谢谢谢谢。”我接住那两个三明治，顺手搁在了茶几上。

他坐回我旁边，把三明治又塞到了我手里：“吃啊。”

我发蒙地看着他：“还有五分钟就要开播了啊……”

他斩钉截铁不容反驳地说：“那就边播边吃。”

他这是打算换成霸道总裁路线了？随便什么路线吧，劲头不错，继续保持。

15.

九点整准时开播，观众如同潮水一般涌进直播间，“美言”们和“贵妃”们，两边粉丝倒是其乐融融，评论区疯狂地刷着屏，一片示爱问安声。

我正小口地咬着三明治，由顾依凉来讲开场白。

他跟粉丝们笑着打了个招呼说“大家好”，然后伸手揽过了我的肩。

哎，上来就这么直接吗？

想着一会儿要控制住场面，拿捏好度，我咬着三明治，对着屏幕笑了笑，听见他接道：“这是我的好哥们、好兄弟，卫言梓。”

16.

一口三明治鲠住了我的呼吸。

顾依凉拍拍我的肩，笑道：“小卫还没吃晚饭，让他吃个三明治，我先来跟你们互动吧，有什么问题想问我的吗？”

拍、拍肩？小、小卫？我陷入了全新层面的茫然之中。

17.

走进这个用以直播的小房间之前，我还在忧心依顾依凉“德艺双馨的老艺术家”这个基础人设，他会不会不太赞同这种炒作方式。

是我多虑了。

18.

“你们刷慢点啊，我都看不见问题了，”他在我如泣如诉的目光中，伸手点开了评论，“是不是开了美颜？——开了啊，要关掉吗？”

根本不等评论回应，他直接就把滤镜美颜都关了，对着镜头左右照了照：“没什么差别嘛。”

啊！我眼睁睁地看着事态滑向了我无法掌控的深渊。

评论里一片欢笑和赞美，他又翻了翻评论，念道：“唇色真好看，用的什么色号的唇膏？”

我心里一凉：完了。

“唇膏还有色号？不是只有口红才有吗？我没问造型师……”他擦了擦自己的嘴唇，看了一眼自己的手背，“是透明的，应该就叫透明色吧。”

哪来的透明色号啊？你醒醒啊！

19.

等我艰难地吃完一整个三明治，场面已然失控。

顾依凉把“傻直男”的形象演绎得活灵活现活色生香，在他的衬托下，评论区里居然出现了几条类似“卫言梓坐在顾依凉身边显得好娘哦”的“黑子”言论。

不就是比谁更男人吗？我堂堂一个器宇轩昂的男子汉还能输了不成？！

20.

我把三明治的包装纸揉成一团，在镜头的见证下，用投篮的方式把纸团精准地扔进了放在房间角落里的垃圾桶，双手握拳一收手肘，做了个“球进了”的庆祝姿势，在一片“6666”的评论里与顾依凉默契地击掌，擂了一记他的肩头：“饱了，谢了兄弟。”

他闷笑一声，把手臂架在大腿上，上半身微微前倾，一副看球的标准姿态：“来吧，回复评论。”

我分开双膝，随意地把头发往后一拨，大马金刀地往后靠到沙发上：“好。”

21.

评论：“重感冒仍坚持看直播，呜呜呜好帅！我死了！两位看到我！看到我！”

顾依凉：“多喝热水，润喉咙。”

我：“打开门窗，勤通风。”

评论：“互动！求互动！最近歌荒了，两位在听些什么歌啊？求推荐啊！”

顾依凉：“阎维文老师的歌，纯真质朴。”

我：“蒋大为老师的歌，优美流畅。”

评论：“两位喜欢打游戏吗？都玩什么游戏？‘死宅妹妹’求共鸣啊！《王者荣耀》《DOTA》《LOL（英雄联盟）》，‘吃鸡’会玩吗？呜呜呜！想看两位一起开黑（组队打游戏）！”

顾依凉：“喜欢《拳皇》，《DOTA》5000分，开黑看他。”

我：“喜欢《街霸》，《LOL》大师段位，欢迎来战。”

评论：“呜呜呜！我的崽儿不开美颜皮肤也好好，怎么保养的，都用什么护肤品？教教我吧！”

顾依凉：“大宝SOD蜜。”

我：“强生婴儿润肤霜。”

评论：“翻牌！翻我翻我！两位空闲时间都有些什么与工作无关的兴趣爱好？会逛街旅游看电影吗？呜呜呜！好想偶遇！！”

顾依凉：“慢跑。”

我：“举重。”

22.

顾依凉笑着戳了戳我的肱二头肌：“你能举重？”

我白他一眼：“要不我举你试试？”

他点头：“好啊，你别摔着我。”

我满脸空茫地看着顾依凉拉着我站起身，把自己往我臂弯里一挂：“来试试看，赌一顿夜宵。”

23.

你听我解释，我就是那么随口一答啊！

顾依凉你到底是怎么回事？非要玩死我吗？！

直播间里的粉丝们看热闹不嫌事大，纷纷起哄造势。顾依凉笑得眼睛都弯了，惹得评论里一阵鬼哭狼嚎。

事关男性的尊严，一直播间的人都看着呢。

举就举！我心里咬牙切齿，脸上挂着镇定的微笑，弯腰抄起了他的腿弯，手臂猝一发力——带着他人仰马翻地跌到了沙发上。

24.

他一只手按在我脸侧的沙发靠背上，及时撑住了身体，低头笑个不停。

事情已经到了我无法收拾的局面。

他抬头望向我的眼睛，勉强止住了笑：“一顿夜宵，记在账上。”

25.

等等，好像还忘记了什么东西。

直播还开着呢，我的老天爷啊！

26.

究竟是哪里出了差错？

为什么世界线会异动成这个样子？

上一秒我们还在华山论剑，刀剑无影，战意正酣，往我们跟前放一张案几，我们就能当场结拜成为异姓兄弟。

下一秒车祸现场，连举个人都能举摔了。

粉丝们会怎么看我？多让小姑娘失望啊？我的老脸往哪儿搁？我要怎么做才能重振雄风？

27.

我伸手推了推顾依凉，小声道："请请请，你赶紧从我身上起来！"

顾依凉笑着依言坐正了身子，我心惊胆战地拿眼睛往评论区瞄。

撇开一些"毒唯"的唇枪舌剑冷嘲热讽，这边说你那边不怀好意故意给我家崽使绊子，那边说你这边满口大话亏我崽机智拆穿，总的来说，还是十分地……嗯……

名字明显是"贵妃"的几位粉丝："哈哈哈！就知道会这样，没跌伤我家娘娘吧！哈哈哈！"

名字明显是"美言"的几位粉丝："哈哈哈！言言肯定举不起来，真是难为对家了！哈哈哈！"

名字明显是"娘子军"的几位粉丝："噫。"

28.

没有一丝丝意外，没有一丝丝安慰。

我？

敢情你们根本对我不抱任何希望是吗？

“贵妃”们嘲笑我也就算了，怎么“美言”们也跟着起哄？你们不是对家吗？

我在你们眼里到底是怎样的人设啊？

“娘子军”好歹给点鼓励吧？！

29.

顾依凉明显也看到了那些评论，笑得眼泪都要出来了，又拍了拍我的肩：“小伙子再接再厉，下次争取能举起来。”

我：“好，我努力。”

我：“不是！你等等，我闲着没事举你干吗？”

他：“啊？你不举吗？可以一雪前耻啊。”

我：“我举来干吗？举了有什么用？我不举！”

我无语，他沉默，气氛有些尴尬。

我已经不想再去看评论了。

30.

从认识顾依凉时只有两个人看得见的尴尬，发展到今天尴尬得万人瞩目，我经历了太多蹉磨。

啊！我这张惹是生非的嘴啊。

顾依凉捂着眼睛，笑得整个人一颤一颤的，我灵魂出窍靠在沙发上无言望天，将一尊石雕演绎得惟妙惟肖。

31.

到底还是小陈拯救了我。

他把房门打开了一条缝，轻声叫我："言言！言言！"

我瞬间如获大赦，朝气蓬勃地跟直播间打了个招呼，如同箭翎脱弦一般蹿到了小陈面前，笑得如同春风化雪："什么事？"

他受宠若惊地看了我一眼，晃了晃手上的药盒和矿泉水，小声道："到点吃药了。"

32.

其实就是些维生素片、酵素、美白丸一类的东西。

我慢腾腾地接过药盒，慢腾腾地数着药丸，慢腾腾地拧开瓶盖，竖着耳朵听着身后的动静，盼望着顾依凉赶紧找个话题把刚才的事情岔过去，我好回归镜头。

"我来我来。"小陈看不下去了，三两下把药数好倒在我的掌心，又把水拧开了递给我。

顾依凉怎么还没跟粉丝聊起别的话题啊？一点默契都没有！

我焦心地把药丸扔进了嘴里，灌下一口水，听见了身后顾依凉略显低沉的声音："没，不是经纪人，是言言的生活助理。"

33.

大概是我的嗓子今天注定要遭此一劫，我被他一声云淡风轻的"言言"激得差点被水呛着，小陈急忙给我拍背。

我有些不敢相信地回头望向顾依凉。

他这是反射弧绕了地球三圈终于落地了？福至心灵一下子开窍了？被偶然间路过的菩萨度化了？

不懂他怎么突然就改了口，但我们勉强算是完成公司派给的任务了，我赶紧咽下了药丸就要往沙发那儿去，又被小陈拽住了手臂，他往我手里塞了两个桃子。

我摆摆手：“我吃过了，不饿。”

小陈神秘兮兮地凑到我耳边，用气声说道：“我就在隔壁看你们直播呢。”

我一脸疑惑，也随他压低了声音：“哦，所以呢？”

他表情真挚地小声赞道：“你们俩这采访也太专业了，我特地去找场务要了两个桃子。”

我：“什么？”

他：“怕你们想要桃园结义，给你们准备的道具。”

34.

有那么大概千分之一秒吧，我是真的很想退出人生舞台。

难，太难了，实在是太难了，前有顾依凉后有陈悠远，我简直是腹背受敌啊！

35.

行尸走肉一般挥别了小陈，我捧着两个水灵灵的桃子坐回了沙发上。

见我回来，顾依凉眉头微皱地看着我，问：“你生病了？”

吃这些东西没什么不能在粉丝面前说的，我摇摇头：“没有，就是些保健品，要定时吃。”

顾依凉“哦”了一声，展开了眉头，手臂也随之一展开，自然而然轻松随意地搭在了我肩上，把我揽近了一些，又指了指我手中的桃子，笑道：“请我的夜宵？”

我又摇摇头：“这个不能吃。”

他不露痕迹地顿了一下，似是有些不满地看了桃子一眼，继而转头对着直播间卖哭脸："言言不肯给我吃桃子。"

谁是你言言啊？叫得这么熟络，你的好哥们好兄弟被你拍肩膀的小卫哪儿去了？嗯？

这心机鬼，还刻意压软了声音，惹得直播间里一片吱哇乱叫，哭着喊着要给他千里送桃子。

我不为所动，沉重地再次摇头："不是，真不能吃，这是要贡给关二哥的。"

顾依凉哑口无言。

36.

不咸不淡地又答了几个问题，闲聊互动了几番，顾依凉的视线一次次往那桃子上瞟，我看他魂都快飞到那桃子上了，干脆把桃子往他怀里一塞："给你给你，要是关二哥没吃到桃子半夜来敲门……"

他却一副没打算吃的样子，顺手就把那桃子搁在了桌子上，笑着接道："我去开门，绝不吵到你休息。"

我："怎么会吵到我休息？我们又没有住在……"

他："哎，这个粉丝问我们平时都几点钟休息，拍戏会不会很累。"

我："哦，累还是有点累的，但要是下戏早又没夜戏的话，我们一般能一两点钟就上床睡觉吧。"

他："哎，这里有位原著粉，问我们对各自戏里的扮相有什么评价。"

我："唔，毕竟是一位书生嘛，造型师还是很专业的，尽可能地还原了书里的描写，特意挑选过的青灰色也很衬我。"

他："嗯，对的，跟我那套砖红色的很般配。"

37.

眼见事态从我无法掌控的深渊一端滑向了另一端，我扫了一眼放在一旁的流程表单。

互动完了，两家粉丝其乐融融，貌似还小圈了一拨各自的对家粉。

宣传完了，我们俩在镜头前坐着就是大流量本身。

问答完了，我们俩就差桃园结义了。

38

才艺展示？

我看见一条弹幕飘过，抓见了一丝曙光，心道各自唱首歌赶紧结束煎熬吧！于是扯了扯顾依凉的袖子，微微一笑："哎，时间快要到了，不如让粉丝们点首歌……"

显然是公司在宣传的时候把这个环节写了上去，我的话还没说完，评论里就已经刷爆了歌名，还有人记挂着前面我们回答过的问题，疯狂地刷着《小白杨》《敢问路在何方》。

虽然直播打赏的收益不一定会落到我和顾依凉手上，仍有许多粉丝从头把礼物刷到尾，我想谢又不敢谢，怕刺激了她们，让她们花更多钱。

顾依凉看起来倒没想这么多，仔细在评论里挑选着自己会唱的歌，随口以我们二人的名义答谢了送礼物的粉丝。

39.

屏幕上疯了似的炸起了烟花，一束接着一束烟花，车队一排接着一排，火箭游艇跟不要钱似的往上刷。

都是同一个人送的，看样子一时半会儿没打算停下来。

顾依凉后知后觉反应过来，无奈地急急摆手："啊！我不是那个意思，别送了别送了！不鼓励送礼物啊……”

直播平台为了鼓励粉丝多刷礼物，礼物送得多的土豪向来有特权，那位粉丝发送的弹幕在屏幕上以特大加粗的五彩炫亮字体循环地刷着屏：“我！来！晚！了！娘子军！”

40.

这字体颜色实在炫得晃眼，在屏幕上我们的脸上反复滚动，真是想不看到都难。

顾依凉：“娘子军？”

我心里“咯噔”一声，努力摆出置身事外的茫然表情，眨着无辜的大眼，撑着脸颊疑惑地看着镜头。

他对着镜头笑了笑：“周杰伦的那首吗？那就唱《娘子》吧。”

我：“什么？”

他转头看着我：“一起唱吗？”

41.

我装傻：“周杰伦有这首歌吗？”

顾依凉一脸惊讶：“你零零后？”

“哦……《娘子》啊，老歌，”我艰难地装出恍然大悟的样子，“词都记不清了。”

他拿过我放在桌上的手机，堂而皇之地在镜头前晃了晃：“没关系啊，可以现查。”

42.

手！机！壳！

我心里一阵崩裂，努力控制着肢体语言，像劝说持枪挟持人质的歹徒，双手徐徐往下摆动，示意他赶紧把我的手机放下，说：“这歌节拍好怪，还有 rap（说唱），不好唱诶。”

他完全无视了我的信号，看了一眼直播间：“好多人想听啊，都在刷屏了，就唱一下呗，唱不好也是娱乐大众嘛。”

她们刷的那个“娘子”不是歌名啊！

我有苦难言地看着顾依凉——顺手解锁了我的手机。

43.

我愣了，他也愣了，直播间评论里出现了长达十秒的空白，寂静。

他看着明显不属于他的手机界面，反应了过来，把手机递给我：“不好意思啊，我以为是我的手机……你的密码也是 8888 啊。”

我哈哈干笑：“是啊，吉利。”

他连连点头：“我的也是，好记。”

44.

我噙泪微笑：“那就唱吧，赶紧唱，唱完我请你吃夜宵。”

反正唱与不唱都没有任何意义了，迅速结束这场劫难，我还能赶在被逼退圈之前吃一顿剧组旁的河粉。

怕是以后都吃不到了。

45.

一曲高歌毕。

顾依凉略显意外地看着我，笑着夸道：“原来你这么会唱歌啊，刚刚还谦虚。”

是，我本来唱歌就可以，专业学过的，刚刚更是拿出了十二分的专注来唱。

毕竟这很有可能是我在镜头前唱的最后一首歌了。

我白了他一眼，抱拳拱手："声音条件没您好，也就只能卡卡拍子找找调了。"

他笑着轻轻搡了我一记，又对着直播间卖哭脸："言言说我找不准拍子还跑调。"

就别"言言"了！

我把他拉回来，哭笑不得道："都说了难唱你非要唱……"

"那下次换点好唱的？"他笑着问我。

我满口"好好好，是是是"，心道哪来的下次哦，下次你换个人跟你唱吧。

46.

我们挂着标准的营业微笑，商业互吹了几个自然段，顾依凉探身过去把手机拿了起来，和我一起又说了些结束语，终于按下了终止直播的按钮，结束了这于我而言惊魂的一小时。

我像条大咸鱼瘫软靠在沙发上，双目无神地大喘气，泪不休，语沉默。

顾依凉简单地收拾了一下东西，回头看我还瘫着呢，走过来推了推我。

我有气无力道："你干吗？"

他答："帮你翻身？"

我一个咸鱼打挺，利落地坐起来，恨声道："顾依凉！"

他一脸不谙世事天真懵懂地看着我："嗯？"

我看着他无辜的双眼，指责的话在舌尖翻了几遍，最后摆了摆手："算了，去吃夜宵吧。"

他弯了弯眼睛："嗯。"

47.

他挂着笑，健步如飞；我苦着脸，脚步虚浮。

一路走到目的地点完菜坐下，我撑着沉重的脑袋，看他把消毒碗筷拆开，倒上热水消毒。

大概是看我沉默了太久，他伸手想拍我的肩膀，被我一爪子拍开。

他闷笑一声，把烫好的碗筷推到我面前，自己拿过了我的那套拆开："生气了？毕竟是公司的要求……"

我闷声打断他："那也得把握一下度……"

等等。

我吞下了话语，瞪圆眼睛看他："你知道公司是让我们这样的？"

那前半段直破苍穹的兄弟情环节，甚至桃园结义，所以……是怎么一回事？

他摸了摸鼻尖："知道啊。"

我表情崩坏地看着他："啊？！"

48.

烤串先上来了，他把竹签抽掉，把肉放进我碗里："本来没想遵照公司的要求来的，我们又不差这点热度，我也不是靠这个才有戏接的。"他顿了一下，继续道，"而且看你很配合，反抗公司反抗得很来劲……"

那不是因为不能被你比下去了吗？！

我调整了一下表情，执起一双筷子，像记者采访一样放在他嘴边："那，请问是什么让你改变了主意呢？"

他默了一会儿，道："突然意识到热度多也不压身，添点热度也挺好的，说不定还能拓宽戏路？"不等我说话，他换上了一副控诉的语调，“我本来想着叫你一声‘言言’，跟你分个桃子就完事了，结果你又不配合了……跟我合作就这么委屈你吗……”

合着还怪我呗？！我又不是你的“贵妃”粉丝，卖哭脸对我没用。

还是有点用的。

我声线颤颤：“怪我，怪我没反应过来。但是度啊，把握好度……”

他看我一脸泫然欲泣，蓦地笑出了声：“怕什么啊你！”

这副有恃无恐的样子真是气死人，我愤愤地咬了一口肉：“你有演技有实力当然不怕了，我本来就比你差了一线，方方面面都短你一截，要是卖砸了，锅全在我头上好吗！”

49.

他：“你再回味回味你说的话。”

我：“不短，没短，很长！”

他笑得整个人都在颤抖，被我羞愤地推了一把才勉强静了下来，稳了稳声线：“我有拿捏好度啊。”

我目光死：“那你的度可能跟我的度不太一样。”

他说：“你觉得都哪里有问题，你说说看。”

我：“言言？”

他：“你助理和粉丝不也这么叫吗？评论里都觉得没问题啊。”

我：“吵到我休息？”

他：“我们住隔壁啊，关二哥孔武有力，敲门多大声啊。”

我：“几点钟睡觉？”

他：“你答得很明白了，中华语言博大精深，她们理解失误是她们的问题。”

我：“我们戏里的扮相很配？”

他：“这不是你说的吗？”

50.

怪我！全都怪我！

我的存在就是个错误！

我晃晃手里的手机："那手机壳该怎么解释？我说我是你的粉丝，他们肯定不信。"

他喝了一口加多宝，眨眨眼："回去你和我多签几个名，微博抽奖发粉丝福利不就好了。"

真是天才，连他那条微博都解释得通了。

他扯了扯我的脸："本来这样的合作就只是做个初一，剩下的十五都让粉丝们自己脑补，我们的互动完全没有问题啊，光明磊落的，哪有什么嫌隙？你就是想太多了……"

51.

我仰头望天，心道算了算了，就麻烦一下曼姐，让她辛苦点，去操控一下舆论导向吧，盼望着明天会有娱乐圈突发事件，把这件事盖过去，不行再找几条我的绯闻炒炒，让热度降一降，过段时间我跟顾依凉就能一别两宽各生欢喜了。

52.

顾依凉看我面色稍缓，也舒了一口气，笑道："真的这么不乐意啊？跟我合作有这么难受吗？"

我咬着烤肉，小声道："哪能呢，主要是我业务能力太差，门不当户不对的，配不上你。"

他弯眼笑笑："不是说了教你演戏吗？你努把力呗。"

这话里的意思……就是定下了？

不愧是老戏骨啊！关键还乐于助人！

我傻傻地应声："哦，好啊。"

他点点头，又给我拆了一根串，把脆骨都挑到了我碗里。

53.

我看着他的动作，心里微微有些触动。

这对家真不像对家，嫌弃我的业务水平不够，说要帮我提升。

这对家会隔空喊话关心我，会暗戳戳地给我发福利，会应我的要求调镜头，会强势地要求我把晚饭吃掉，会帮我烫好消毒碗筷，会留意到我喜欢吃脆骨。

我的这位营业对象可真够尽善尽美的。

54.

我突然意识到，这些可都没在公司的要求下，也没在镜头前啊！

愁啊，真是愁。

我看着在眼前埋头认真吃东西的顾依凉，快要愁白了头。

55.

吃得有些饱了，我推开面前的炒河粉，咬着豆奶的吸管，继续惆怅。

顾依凉看我不吃了，微微皱起了眉："吃不下了？"

我迟疑地点点头。上回吃饭也是，我这人有个眼睛大肚子小的坏习惯，点菜总点一大桌，每样都想尝一口，可又吃不完，自己也觉得这样挺不好，但改不掉。

他无奈地看我一眼，动作自然地把我剩下的那小半份炒河粉移到了自己跟前，在我震惊的注视下三两口吃完了，拿纸巾擦了擦嘴："下次别再浪费了。"

我：“可是我馋。”

他想了想：“那你吃饭的时候都带上我，我帮你吃。”

56.

呜嗷好朋友！

我饱含热泪地点头。

他好笑地看我一眼：“让你请吃饭还这么开心，被我卖了是不是还要帮我数钱啊？”

差点就中了他的计！我一瞬间醒神，坚定地摇头：“不会的。”

他好奇道：“哦？怎么不会？”

我不甘示弱地邪魅一笑：“没人买得起我。”

他“扑哧”笑出了声。

57.

邪魅失败，我收回了脸上的表情，气愤地伸手打他。

他挡下了我的攻击，笑道：“镜头外怎么就这么敢说话了？”

我愤愤道：“你在镜头外也不遑多让啊。”

他一脸奇怪：“我怎么了？”

你在镜头外随口一句话随便一个动作，放在超话里都足够让粉丝们欢天喜地过大年了好吗？！

我千言万语汇聚在心头，默了半晌，拍了拍他的肩：“没怎么，小伙子很真实，继续保持。”

58.

他大概是没听懂我在胡言乱语些什么的，耸了耸肩正准备说话，我放在桌上的手机就响了，上面显示“隔壁老黄”来电。

这电话不接不行啊，我拿起手机做了个“抱歉啊”的口型，见他点点头，就走出几步，把电话接了起来：“黄总……”

59.

“够花够花，我自己也能挣。

“不累不累，不就是拍个戏嘛，您才要多注意身体，别再抽烟了。

“不用不用，我这部戏还没拍完呢。

“知道了知道了，我有空就去看您呗，要不然您来看我？

“行行行，不够花就跟您说可以了吧。”

60.

“交没交到新朋友？”我下意识地往顾依凉那儿看了一眼，小摊子的灯光不够亮，看不太清他的表情，“交到了啊，对我可好了，我跟您说啊……”

我边含笑小声答着话，方方面面细枝末节猛夸了一顿顾依凉，边跑去老板那儿把账结了。

61.

等我结完账，挂了电话回来，世界都变了。

我跟顾依凉搭话，他只用“嗯”这一个字回应。

我跟顾依凉对视，他把眼神移开。

我与他并肩同行，他规规矩矩地走着，垂眼不看我。

我戳戳他的胳膊，他虽然没说什么，但看得出来是不乐意的。

62.

我看他摸了一包烟出来，还没等我开口就又放了回去。

我更不懂了，不过一通电话的时间，他这是被人“魂穿”了？

我绕着他打转，叫魂一样念：“顾依凉、顾依凉、顾依凉、顾依凉……”

骑着小三轮送盒饭的大叔从我身边擦过，他一把拽过我，微微有些生气：“看车！”

我一个没站稳，他按住我的肩膀，把我让到路的里侧，自己则走在靠车道的一边。

63.

我戳戳他：“哎，你怎么不理我了？”

他默了半晌，答非所问地说：“等等回去好好跟我对一下戏。”

我：“啊？”

他：“磨练一下演技。”

我：“嗯？”

他：“跻身实力派。”

我：“哈？”

他：“这样可以接到更多戏。”

我：“哦？”

他：“前程一片光明。”

我：“我呀？”

他目光复杂地看着我：“我跟你说认真的，别演捧哏玩了。”

64.

我揣摩了一下我们的对话，从前往后推理了一番。

大概是我一个电话的工夫，他独自坐在桌前，回味了一下我的业务水平，觉得我和他搭戏还是有些勉强了，所以有些不太高兴，却没打算放弃我，想着要帮我提升演技，把我培养成跟他水平相当的合作偶像。

啊，顾依凉真好。

我把自己揣摩感动了，拽着他的手晃了晃：“你真好。”

他没把手抽开，满脸问号地看着我。

我感激之情溢于言表，又晃了晃他的手：“你都不会嫌弃我。”

他看我的目光更复杂了。

65.

我哼着歌，他沉着默，我们就这么走了小半段路程。

他一副心事重重的样子，每走两步就转头欲言又止地看着我。

我捕捉到了他的欲言又止，问：“怎么了？”

他犹豫着开了口：“你这样……多久了？”

演技差是与生俱来的啊，我答：“入行起就这样了。”

他脚步一顿，问：“你就……不怕别人说你？”

那么多黑料楼难道我还少看了？我答：“随他们说呗，我都习惯了。”

他沉默良久，问：“很多人知道？”

这问题也太奇怪了吧，我答：“这不是有目共睹的事吗？你也知道了啊。”

66.

空气有那么一丝丝凝滞，我满脸不解地看着他：“怎么了啊？”

他看着我的眼睛，一副忧心忡忡的样子，语气有些艰涩地问：“不这样不行吗？”

至于用这么沉痛的语气吗？难道我的演技真的差到了令人发指的地步？

我歪头想了想，还是要对自己有点信心的，就笑着拍了拍他的肩膀：

“行啊，现在不是有你了吗？”

他猛地止住了脚步。

67.

我一脸莫名地看着顾依凉在酒店小花园里抽掉了第三支烟。

不就是教我演戏吗？还是他自己提出来的呢，怎么这么苦大仇深的样子呢，难道这就是对艺术的执着与追求？

在他准备点起第四支烟的时候，我一把按住了他拿着火机的手：“别抽了别抽了，你不想就算了啊，别勉强了。”我笑了笑，“我现在这样不也过得挺好的吗？有戏拍有钱赚，风生水起的……”

他又陷入了长久的沉默之中，然后突然痛下了决心似的，反拉住了我的手腕，郑重地说：“好，就这样吧，我没有勉强。”

我一脸问号。

第十二章

你是不是拿错剧本了

1.

直到我在顾依凉的房间里坐定，他仍是一脸的凝重。

他一脸凝重地打开小冰箱，一脸凝重地审视着里面的东西，一脸凝重地转头问我：“只有矿泉水，没有蜜茶，可以吗？”

我赶紧点头说“可以”，忍不住笑道：“你搞得这么郑重其事的干吗？”

他摇摇头，拿了一瓶水和一个玻璃杯出来，还摆了个小杯垫在我跟前，又帮我把水倒好，轻轻咳了一声：“毕竟我们现在……关系不太一样了。”

我先是有些不解，而后反应了过来，连连点头道谢。

2.

是，我们现在是公司盖章、他亲口同意了的合作关系，我懂。

不过，就这么个问题还值得纠结一路连抽三根烟啊？真不愧是事业心与责任心并重的“顾老艺术家”。

不管怎么说，他都已经下定决心要跟我好好合作，还要帮我提升演技，互利共赢，那我当然是要全力以赴地好好配合他，不能让他失望！

也不能让渴望学习的那个卫言梓失望！

3.

他坐到我对面，组织了一会儿语言，道：“之前我也没试过……嗯，所以业务可能不太熟练，也不太熟悉具体的规则，有什么需要注意的地方吗？”

这还不太熟练呢，也太谦虚了，刚刚吃夜宵的时候，那个夸夸其谈的人不就是你吗？敢情你那都是信口胡诌的？

没等我回话，他又有些艰难地提问：“是不是……就像好朋友和前辈那样对你就行？”

“好朋友和前辈”这几个字从他嘴里说出来生硬得机械音似的，真是难为他了，我赶忙摇头：“那倒不用，太夸张了，就像我们现在这样就可以了，你做得很好啊。”

他微微一愣，看向我的目光里带着一些怜惜……和痛心？

4.

他说：“这样就叫好了？”

我不明所以地看着他：“这还不够好吗？”

他认真地说道：“我会努力做得更好。”

5.

他怎么突然还表决心了呢？

我有点跟不上他的节奏，只能懵懵懂懂地点头，心想：摊上这么个有责任心的人，我真是有福气，八辈子修来的那种。

他又问了一遍：“像好朋友那样就行？”

为什么非要纠结这个“好朋友”啊？！

我又点点头：“嗯，也行吧。”

他呼出一口气，似乎调整了一会儿心情，从桌旁的小篓子里抽出了一个文件夹，在我面前摊开：“别的我可能帮不上什么忙，这是我下半年的工作安排，你看看有没有什么你想要的资源，让公司安排给你。”

我：“什么？”

这是在演什么，为了合作做练习吗？他入戏也太快了吧。

他思索片刻，一本正经地捧读道：“身上的钱还够花吗？有没有什么想买的东西，我买给你？”

6.

从来都只见他流利生动地念出一句句台词，难得见他说话时咬字生涩成这个样子。

我愣了愣，奇怪地看着他：“你是不是拿错剧本了？”

他：“嗯？”

我：“这不是好朋友的范畴了，这是干爹吧？”

他也愣了愣，迟疑道：“你要是想这么叫……也行？”

7.

占谁便宜呢这是？

我一拍桌子：“我还是你……”

他噎了一下：“需要玩得这么野吗？”

凉风从没关好的窗子里呼呼地灌进来，吹得我脑壳生痛。

我刚抬手抚额，顾依凉就去把窗户关上了，还贴心地扔了一条毛毯给我。

我捏着手里软乎乎的毛毯，也不好责怪他不按常理出牌了。我默了片刻，语重心长道：“不用这么刻意，顺其自然就好，这样子太过了，别人会看出端倪的。”

“哦，是我欠考虑了。”他了然地点点头，“那你有什么需要的，就随时跟我说吧。”

我随口应着“好好好行行行”，听见他略带犹疑地问：“那我们现在？”

现在？我看了一眼时间，拿过他放在桌上的《澜诀》剧本：“对戏呗，都拖好多天了。”

他突然解除了身上紧绷的状态，整个人放松地靠在了椅子上：“好。”

8.

身负事业心与责任心并重的“顾老艺术家”和全体粉丝的殷切希望，我真是全力以赴，连在学校里上表演课都没这么认真过。

台词我都能背下来，就是情绪和表情永远都不在点子上，不是念着念着就出窍放空，就是念着念着用力过猛。

顾依凉时时刻刻提醒着我该怎么调整，一小段戏翻来覆去对了十几遍，勉强算是有了些样子，我还能被他夸上几句“果然有灵性”。

9.

把明天要拍的戏全部对完，我记下了顾依凉的提点，复述了一遍给他听。

顾依凉把剧本合上，欣慰地把手搭上了我的肩：“嗯，保持住这个进步的速度，这部戏拍完，你就完全可以试着不靠别人，自己接戏了。”

他后半句话说得有些含糊，我又正低头看着微信，只依稀听见了个“靠别人……戏”，以为他还在说对戏的事，便头也不抬地答：“你又不是别人。”

他放在我肩上的手一僵，良久不语，极其缓慢地拍了拍我的肩膀，珍重地“嗯”了一声。

10.

我在他眼前晃晃手机，说：“小陈催我回去睡觉了，我先走啦。”

他呆了一下，好半天才点头“哦”了一声，问：“那我明天早上给你带早餐？”

我：“哈？不用啊，小陈会给我准备。”

他：“那……下戏间隙我去给你买饮料？蜜茶还是奶茶？”

我："哈？不用吧，让小陈去买不就好了。"

他："那……晚上我开车带你去市里吃烤鱼？"

我："哈？不用啦，来回多远啊还有可能被粉丝撞见，让小陈打电话订了送过来呗。"

他："那……"

11.

他"那"不出来了，似有些委屈地看着我："那你要我来干吗？"

我一脸蒙地看着他："不是有小陈了嘛……我给他发工资的啊，你的时间多宝贵啊……"

他一锤定音："好，那他的工资我来给，你把他做的事都记在我的账上，当作是我做的好了。"

我更蒙了："那……那你助理的工资，我来给？"

他表情疑惑："怎么能让你出呢，这不是我应该做的吗？"

12.

还……真的和好朋友一样啊。

我深入思考了一会儿，估摸着他大概是太过敬业，镜头前后都要维持好形象以便维持戏感，方便随时入戏，所以才会这么说。

那我肯定得配合啊。

我无不感慨地拍了拍他的肩膀："总不能白拿你的吧，心意到了就行。就这样定了，把你助理的支付宝账号发我呗。"

他又用那种怜惜和痛心的目光看着我了，然后拿手机发起了微信，不多时便发了一个二维码给我。

我问清了他助理的工资，跟小陈的一样，我就把钱转了过去。

13.

支付宝收到信息，手机振动，我低头看了一眼。

是顾依凉的助理的回复："收到了！谢谢！"

我"唰唰唰"给小陈发了条微信，内容是下个月起你的工资都由顾依凉来开了。

手机振动，小陈的信息很快回了过来。

橙色暖阳：哎好咧！进展这么快啊，言言真厉害！替我谢谢他啊！

14.

顾依凉虽然没看见小陈的回复，但见我面色更惊异了，就笑着抬手想要拍我的肩膀。

他的手刚扬起来，又僵硬地缓缓放下了，干巴巴地说："嗯……那晚安了？"

"嗯，好。"时间的确不早了，我站起身往门口走，"明天下午不是还有个杂志的内页要拍吗？你早点睡，把精神养好一点，上镜好看。"

他也站起身，把我送到了门口："你也是。记得带几套私服备着，免得出状况。"

我打开房门往外走："几个主演全都要过去，能出什么状况？安啦安啦。"

他随着我往外走："嗯。你要是睡不好的话，有个蒸汽眼罩还挺好用的，回头我拿给你。"

我感动地点头："好啊好啊！有个助眠香氛也挺好用的，回头我也拿一点给你。"

我在自己的房门口站定，他也在我的房门口站定。

我掏出房卡开了门，往房间里走了几步，他也犹豫着跟了几步。

15.

这是干吗？十八相送吗？

我不解地看着他："怎么了，还有什么事吗？"

他面有难色地正对着我，抿了抿唇，咬了咬唇，身体微微往前倾了倾，又回归了原位，几度欲言又止，末了又烦躁地抓了抓头发。

我没太看懂他这番动态是要干吗，就试探道："无事退朝？"

他打量了我一会儿，似乎叹了一口气又似乎松了一口气，道了一声："晚安。"

纠结半天就为了说这个？

我眨了眨眼，真是越来越搞不懂他了。

16.

我诚恳地跟顾依凉道了晚安，终于送走了这尊大佛。

我飞速地卸妆、洗澡、洗漱，做完一套护肤的程序，然后珍之重之地捧起了手机。

心力交瘁的一天结束了！到了犒劳自己的时候！

17.

有了那两条惊雷微博作铺垫，今天又迎来了一场旷世直播，即使被顾依凉言之凿凿地开导了一番，我心里还是难免有些忐忑。

总的来说，还好，一切都好。

粉丝滤镜是强大的，也是盲目的，他们依旧深爱着我们俩。"唯粉"呢，抓住一切细节疯狂地舔颜值、舔人设；"毒粉"呢，就抓住一切细节疯狂地踩对家喷对家；几根躲在超话里的"独苗粉"贼兮兮地说着一些模棱两可的话。粉丝们该爱的爱，该恨的恨，并未因为一场直播就改变什么，仍是一幅繁荣昌盛的景象。

18.

是我多虑了，我们两人都不是一线流量，先前三年老死不相往来的死对头设定又太深入人心，一朝合作起来还真没什么人买账，又有曼姐买的水军在里面浑水摸鱼居中调停，总体的风向都只说是普普通通的破冰和好了。

很好，继续分析，继续脑补，继续保持住这种极力探究真相却离真相越来越远的劲头！

19.

我心情轻松，想着“娘子军”们怎么也该有些新的产出、过上大年了吧？

我哼着小曲点开了“娘子军”超话，然后接受了一顿精神的冲击与洗礼。

一言蔽之，“娘子”is rio（是真的）。

不许质疑，不容反驳。

20.

我乐呵呵地大口吃了一圈八卦，突然想起我还加了一个“娘子军”唠嗑的大群，就打开群聊看了一眼。

不看则已，一看惊心。

大概是“槽多无口”，群又不像微博那样是个人人得见的开放平台，群里的人都处在极其亢奋的状态，平均每聊上三句，脑洞就大开一次，想象力极其丰富。

噫，小姑娘们年纪轻轻，知道的事也太多了吧！

我赶紧把聊天记录往下翻，偏偏记忆力太好，每个字都往脑子里烙，稍一打岔就代入了顾依凉的脸。

21.

我扣上手机，冷静了一下。

然后我翻开手机继续刷微博。

手机振动了一下，又连着振动了几下。

我生无可恋地按亮了屏幕，点进了微信，发现是顾依凉找我。

Liam：睡了吗？

Liam：我签了一些手机壳，明天再拿一些给你签，然后交给公司抽奖吧。

Liam：给粉丝的我只签了中文名，你手上的那个是特供版的［笑脸］。

Liam：晚安，好梦。

22.

我呆呆地看着那个蠢蠢的笑脸符号，缓慢地锁了屏幕，从床的这头一点点翻滚到床的那头，又从那头一点点翻滚到这头。

如此反复数遍。

之后我缓慢解锁了屏幕，给他回复了一句“晚安”。

然后我用被子一把蒙住了头。

第十三章

依凉日记4

节选 1

我，有点心疼我对家。

写下这行字时我心绪实在难平，看着眼前的白纸黑字，自己都不敢相信，实在是太不真实了。

唉，事情怎么会发展成这个样子？

节选 2

公司下了指示让我们炒作，我原本是不屑的，毕竟前三年我好好的，连绯闻也没有，不也这么过来了吗？

我观察了一下，对家也跟我有着相同的想法，为了反抗公司的意愿，连“举重”这种反人设的话都说得出来。

我不是故意要拆穿他的，只是下意识就这么做了，结果他整个人都傻了，呆呆地看着我，真是笨蛋（划掉），这个样子不太符合优质偶像的人设，不该被粉丝看到，我就帮他挡了一会儿镜头。

直播到一半，他助理给他送了些东西，见到他助理，他很开心的样子。

大概是没有他坐在旁边，给了我独立思考的时间，我突然觉得按公司的要求炒作一下也没什么不好的，骄傲自满使人急流勇退，百尺竿头更进一步，人总是要往上走的。

还能理所应当地叫他“言言”。

嗯，叫起来感觉不错。

对家看起来并没有直播的经验，却尽力地配合我，看他一副懵懂又微微有些失措的样子，我有些愧疚。

但想着没有我也会有别人，万一公司让对家跟别人合作，岂不是把本该属于我的东西拱手让人了？我也就释然了。

我是说热度，不是说人。

人让了也不太行。

节选 3

这几年我也看过一些有关对家的黑料。

并不是我主动想去了解这些，只因他是我的对家，媒体总是把他跟我捆绑在一起，想不看到都不行。

在一堆捕风捉影的料中，不择手段上位传闻是最长盛不衰的，人人都在猜测他背后的那个人是谁。

说白了，以他的演技，还能在圈中长青不倒，本身就是最大的问题。

可他看起来太干净了，根本不像是会不择手段上位的人，要不是我听见了那通电话，我也不会相信。

偷听别人的电话不好，我在此检讨。

我跟他相处时明明什么都没做，他却觉得我对他好，不知道那个黄总之前是怎么对他的，大概是个人渣吧。

在背后议论别人不好，在此检讨。

节选 4

入娱乐圈三年，极力规避掉了所有潜规则的可能，从来没想过我会成为被上位的那一个。

地位提升得太突然了，我完全没有任何准备。

不过我并不是一时冲动才做出的决定，我慎重地考虑了三支烟的时间。

第一支烟，我想着“不这样不行吗”。这句话是我问的，原本并没打算会得到回应，可对家思考了一会儿，用全然信任的眼神注视着我，笑着说出“行啊，现在不是有你了吗”。

——真的让我无法拒绝，我不能辜负了他的这份信任。是我提出的问题，我要负责。

第二支烟，我预估了一下自己的经济实力和可以提供给他的资源，跟他之前拿到的资源做了个比对，可以，会是更好的，这一点没问题。（他的条件那么好，黄总为什么不给他好一点的资源？唉，他那么……没心眼，肯定是被敷衍了。）

第三支烟，我模拟了一下若是这段关系被发现曝光将会如何……大概我和对家都会死得很惨……

说到这个，对家给我的感觉总是很微妙，我也想过万一，我是说万一，我因此……嗯，对他有了什么想法会如何，但他拦下了我的第四支烟。

节选 5

唉，今天叹的气有些多。

可是，我真的是完全不懂该怎么对别人好。

他资源暂时不要我给，礼物也暂时不要我送，连助理的工资都说不能白拿我的，硬要跟我扯平……弄得我送他回房时犹豫了半天，不知道是不是该说些什么。

怎么想都觉得不太好，我还什么都没给他呢，怎么能占他便宜。

唉，这种事总不能直接拿出去问人吧？百度也搜索不出攻略啊……哎说不定有，我去搜索一下看看。

回来了。

我搜索了一下关键字，首页跳出来了几个文包，许是什么纪实类文学，我就下载了几个，打算睡前看一下，做做功课。

知之甚少，还是要多看多学。

对了，我打算戒烟了，听见他在电话里让黄总少抽点烟。

既然做出了这个决定，我总要做得比那个黄总好吧。

节选 6

看了几篇文，有点睡不着，起床记述一下心情。

我选了一个文包，大概翻了几篇，是我想得太龌龊了，其实并没有那么夸张。

原来娱乐圈内的朋友跟我讲的，都是警示我不能走上这条捷径的恐吓类寓言故事。

这样也好，我其实不太想把我跟对家之间的关系变得那么功利性……嗯。

唉。（写顺手了，划掉。）

节选 7

太可怕了，我又看了另外一个文包，里面描述的恶劣情节比起娱乐圈内朋友的叙述有过之而无不及……算了，不记下来污染我的日记本了。

是我小瞧了人性的阴暗面。

我下定决心好好护着对家，让他远离这些肮脏事。

节选 8

取其精华去其糟粕地群览了一些文章，我大致规划出了几种相处模式，明天一样样试试看吧，看对家会更喜欢哪种。

节选9

对家喜欢吃脆骨，喜欢点很多东西，每样都只尝一点，以后我要尽力帮他吃掉一些，避免浪费。

对家唱歌非常动听，比我好太多。说起来，既然我们要搞好关系，是不是能让他只唱歌给我听，我把资源给他？（待议。）

对家不打《DOTA》，但是会玩《LOL（英雄联盟）》，还是大师段位。嗯，都是MOBA（多人在线竞技）类游戏，有时间我们可以切磋一下。希望他能陪我玩《DOTA》，实在不行，我勉强陪他玩《LOL（英雄联盟）》也行。（应要跳出游戏鄙视链，要改要改。）

第十四章

不如去你家看猫吧

1.

全员下午都要去拍宣传片，剧组便将正片拍摄时间整体往前挪了挪，大家凌晨四点半爬起来赶清早的戏，举目望去尽是神情疲惫且困倦的脸，不知道的还以为这是哪部丧尸片的片场呢。

2.

可我不一样，我仍是欢欣的、向阳的、笑对人生的。

我少说再活上五百年没有问题。

第一场戏顺利过了，我坐在休息室里玩《王者荣耀》等下一场戏，周身都漂浮着轻快的空气。

小陈打着呵欠把我的早饭准备好了，双目无神地看着我："言言你怎么这么精神啊？"

我腾出手来喝了一口米粥，故作深沉地摇头："你不懂，这是被大爱大义灌溉与滋润的。"

小陈瞪大了眼睛看着我，欲言又止，顾依凉突然推开了门，径直走到我身边，往桌上放了一瓶冰镇蜜茶。

3.

哟，老顾，一大早就开张营业呀？

塑料瓶身上贴着一张便利贴，我好奇地瞥了一眼，看见上面画了笑脸，我惊得正在按技能的手一抖，一个人头就送给了对面。

我的晋级赛！

顾依凉好笑地看着目眦欲裂的我，坐到了我身边："我帮你打吧，稳赢，你把早饭吃了！"

"你说的稳赢啊，要是输了赔我三套皮肤！"我把手机递给他，自己捧起了粥碗。

他挑眉笑笑："稳赢，输了送你全皮肤。"

4.

我被那记挑眉戳了一下，小口地喝着粥，假意监督着他的操作，一遍一遍地往那瓶蜜茶上瞟。

怎么莫名有种重回学生时代，去趟超市顺手给同桌带瓶饮料的错觉呢？

而且他……

我偷偷看了一眼顾依凉，总觉得他今天的气质有哪里不一样了，像是脱胎换骨，举手投足散发着友好亲和的"信息素"。

昨天那个扭扭捏捏问我该怎么合作的顾依凉已经死了，现在在我面前的是"钮钴禄·依凉"？

5.

弱小无助害怕。

弱小无助害怕但偷偷兴奋。

弱小无助害怕但偷偷兴奋且笑容逐渐诡异。

我不过晃了一下神，顾依凉就把手机还给了我，屏幕上是敌方水晶爆炸的画面。

我正准备狗腿地夸赞他几句，他略显得意地闷闷一笑，低声问："厉不厉害，嗯？"

6.

我被他的操作折服了，呆呆点头："很厉害。"

他温柔地笑了一声，还抬手拍了拍我的肩膀。

作戏要作全套，还是在录什么整人节目？

我正左顾右盼找隐藏摄影机，小陈哈哈笑着站起了身，自言自语：“你们口渴了吧？想不想喝奶茶？我去给你们买？少糖去冰只加仙草？好咧！”

说着他便哈哈笑着，如风般掠出了门外。

7.

顾依凉疑惑地看着小陈远去的背影，不甚在意地耸了耸肩，转头对我弯了弯眼睛：“走吧，去片场对一下我们的戏，找一下感觉，争取开拍之后一遍过。”

我拿上了那瓶蜜茶：“嗯！”

8.

毫不夸张地说，昨晚对戏的时候，顾依凉真是把我的剧本掰开揉碎了讲解给我听，就差嚼烂了喂进我嘴里了。

每一句台词该怎么起伏，每一处情绪该怎么转折……我心中时时谨记着他的提点，照本宣科地表演出来，虽然称不上优秀，但至少比我以往的表现要好太多。

有时情绪没做到位，NG 了两三次，顾依凉也不会不耐烦，每次都笑着鼓励我，又跟我讲一遍在我的能力范围内该怎么调整。

9.

“老艺术家”简直太贴心了！

他真的不嫌弃我，还尽心尽力地帮我提升！

本着不能让他失望的心理，我真是卯起劲儿来演戏。

结果劲头太足，别的主演包括顾依凉都已经坐上车往杂志社租的摄影棚去了，只有我硬是被导演留了下来，说是让我保持住这个状态，再拍几场单人的戏。

10.

等我终于辞别导演卸完妆，携小陈赶到摄影棚的时候，比约好的时间迟了一个小时，其他人都已经做好造型在测光影了。

唉，像我这种小三线，迟到是大忌啊。

我跟其他主演打完招呼，坐在化妆间里看小陈不住地跟黑着脸的造型师道歉，觉得过意不去，也起身跟着连声说对不起。

造型师白了我一眼，扔给小陈一套衣服："就剩这一套了，赶紧换了上妆。"

11.

把衣服翻过来，我吃了一惊。

小陈也吃了一惊，夺门去找造型师，又找不见人。

我维持着震惊的状态，换上了衣服。

我又维持着震惊的状态，让化妆师给我上了妆，做了发型。

我再维持着震惊的状态，在镜子前呆坐良久。

12.

用脚后跟想也知道我这是被为难了，造型师给我的是一件明度亮度极高的衣服——绿色的。

我就跟一支荧光记号笔一样直愣愣地坐在镜子前，绿得晃眼，绿得发光。

不是我 Hold（把握）不 Hold 得住这个颜色的问题，而是这套衣服跟其他人的穿着一点都不搭啊，那镜头该怎么调？后期该怎么调？

别人都是“狂拽酷炫”的机车男女，我站在他们中间 cos（角色扮演）绿灯侠？提醒大家飙车时注意交通安全？

我愁得脸绿。

也有可能是被这套衣服反射出来的环境光。

13.

我正犹豫着要不要豁出去就这么拍算了，顾依凉推门走了进来：“还没弄好？”

他大概也被我“绿”呆了，愣了一秒，又迅速地反应了过来：“带私服了吗？”

这还是他特地提醒过的，我讷讷地答：“急着赶过来，就没带……”

他没怪我不记得他的叮嘱，点了点头便转身出了门，很快就拿了一套衣服回来递给我：“裤子还好，上身穿这套吧，跟其他人的风格差不了太多。”

时间紧迫，我没问这衣服哪儿来的，赶紧接了过来，直接当他面就把衣服换了。

14.

他的视线全程都在我两条胳膊上挂着，反复游弋，然后露出松了一口气的样子。

我抻着衣摆，疑惑地问：“怎么了？”

他摇摇头，莫名欣慰地看着我：“没怎么。”

我狐疑地看他一眼，把皮衣穿上，对着镜子前后转身照了照：“好像有点大了，肩线对不齐哎。”

“你比我的肩窄一点，肯定对不齐啊，”他走过来帮我把领子翻好，“当 oversized（大号）穿吧，或者拍照的时候脱下来披在肩上。”

我："这是你的衣服啊？"

他："是啊，怎么了？"

15.

我冷静了一下。

这套衣服我有同款，也在机场被"美言"们拍到过，可以解释为是我自己的衣服，即使被扒出来了，应该也在营业范围内。

所以……这衣服我就笑纳啦！

寻造型师而不得的小陈正巧回来，看见我身上的衣服吃了一惊："你穿顾哥的衣服啊？"

我心道：你怎么看出来的？

我："啊，很明显吗？"

小陈："里面那件领口到前胸的部分大了一点，外面那件肩线对不上，比你的肩宽。你没把衣服穿正吧？你穿正了袖口肯定过手腕了，右边的口袋边缘磨了一点，你又是左撇子，明显不是你的衣服啊。"

我无奈。

这打哪儿来的显微镜男孩啊？！你是在太上老君那儿练出来的火眼金睛吗？！大圣是你吗大圣？！

16.

我稍稍有些动摇，犹犹豫豫地问："那……会不会有点不太好？"

顾依凉皱起了眉："有什么不太好的？"

忽悠，接着忽悠。

小陈打量了一会儿站在旁边当人形立牌的顾依凉，又绕着我打量了一圈，摇了摇头："是有点不太好……"

再见了我的衣服。

我在心里不舍地叹了一口气，正准备把衣服脱了，就听他继续道：“你手上太空了，都没什么饰品，让顾哥分枚戒指给你戴呗，应该就OK了。”

17.

顾依凉二话不说，直接摘了一枚戒指下来就给我戴上了。

他先是把那枚戒指戴到了我的食指上，轻轻转了转，微微皱眉，说：“太松了。”又往我中指上戴，还没穿过第二个指节，他就摇摇头，“戴不进去。”

最后戴到了我的无名指上。

他不挑了，一本正经地说：“嗯，好了。”

我觉得好笑。

请问我的手指是长得有多狂野才能如此粗细不均啊？

你眼中的我是长了一双张翼德的手吗？粗中有细的？

我怀疑他其实本名叫彰依凉，“欲盖弥彰”的“彰”。

18.

顾依凉被助理叫走了，留我一人在化妆间里欢庆着自己的劫后余生。

目睹了全程的小陈先生拿胳膊肘捅捅我的腰：“言言，什么时候你们关系这么好了啊？

我语气轻松地解释：“其实什么都没有的，只是单纯地建交了而已。”

小陈：“嗯？顾卫建交？”

19.

明明是卫顾建交，他到底是站哪边的？

我：“小陈啊。”

他：“嗯？”

我：“《澜诀》拍完，你跟我签个长期合同，转成我的长期助理吧。”

他：“真的吗？！言言你真好！”

我：“嗯，是真的，我怕放你出去，你会为祸人间。”

他：“这是好话吗？”

我：“是好话。”

他：“喔喔。”

20.

拍摄进行得很顺利。

我这人演戏不行，但硬照是真的硬，这么说吧，如果电影都是由PPT组成的，那我绝对能拿影帝。

补妆休息的间隙，我在道具上老老实实地坐着，任化妆师在我脸上拍拍打打，我和靠在旁边的顾依凉进行一系列毫无营养的互捧互夸。

聊着聊着，我余光瞥见女主角姐姐踩着高跟鞋从一旁路过。

她下半身穿着一条包臀短裙，一双擦着古铜亮粉的大长腿直破天际。

突然想起那天开直播时，顾依凉说他喜欢腿长的，我偷偷往她腿上瞟了几眼，又转头去看顾依凉。

他果然看着女主角姐姐。

21.

多么“傻白直”的目光啊，都不懂得收敛一点。

我正在心里砸吧嘴，顾依凉突然把头转了回来：“有什么好看的？”

我·“哈？”

他语气强硬，略带威胁：“不要盯着别人看！”

22.

多么“狂霸拽”的台词啊！完全没收敛呢！

不愧是……“钮钴禄·依凉”。

我再次快要窒息，差点不知今夕何夕。

不对不对，我不能被蒙蔽了双眼！

合作要适度，要有分寸，对外合作也要分时间分场合，不然可就有倒闭的风险了啊！

23.

心焦地捱到了拍摄结束，我以霸王之姿坐在休息间的沙发上等着顾依凉过来，准备跟他详谈一下合作的问题。

结果他一出现，我立刻就蔫了。

原因无他——

顾依凉你能不能别对着我这样笑啊？我又要窒息了！

不知道他今天到底是吃错什么药了，哪哪儿都给我一种不太对劲的感觉。

我小声问：“你今天是怎么了啊？”

他偏了偏头，十分疑惑：“怎么了？”

他还问“怎么了”？我深吸一口气，准备细数他的罪状一二三，却发现——

好像他还真的没做什么啊！

24.

给朋友带瓶饮料没什么大不了的吧？炫耀游戏技术没什么大不了

的吧？友情提供演技指导没什么大不了的吧？乐于助人帮朋友解决造型难题没什么大不了的吧？

所以归根结底，他根本就没做什么啊！

我感到万分沮丧，甚至开始怀疑人生。

25.

我莫名气愤地倒在沙发上，眼睛垂下来，就看到了手上的戒指。

我立刻活力四射地坐了起来，跟他商量：“不如你把这枚戒指卖给我吧？”

他奇怪道：“啊？为什么？”

我说：“我还挺喜欢这个牌子的，没买到这个戒指，正好……”

他直接打断了我：“那就送你了。”

“哎？不要不要。”我吃了一惊，急忙把戒指取下来，“这个都要小几万了，我没送你什么，怎么可……”

他一把按住了我的肩膀。

26.

我看着他，他也看着我，执手相顾，两厢无言。

我正准备说些什么，他眼中似有一道亮光倏然闪过，像是想到了什么，蓦地松开了我的手，转身跑了出去，又抱着一个包跑了回来。

我不明所以地看着他打开了那个包包，从里面翻出了一个首饰盒。

27.

顾依凉在我不明所以的注视下，从首饰盒里拿出两条项链，给我戴上。

他又从首饰盒里拿出一个手镯，给我戴上。

他又从首饰盒里拿出一条手链，给我戴上。

他又从首饰盒里……

28.

他这是……在装饰圣诞树，还是准备送我风光出嫁？

我呆若木鸡地看着他兴致勃勃地往我身上挂东西，迟疑地拿起了一条项链，问：“这是？”

他看了一眼，理所当然地答：“哦，这条是2017年秋……”

我：“不是，我知道，我认得出来，我是问……你这是干吗？”

他：“你说你喜欢这个牌子。”

我：“不是，是，不……”

他：“这几款都很难买到的。”

我：“是，但……”

他：“都送你了。”

我快崩溃了，语无伦次：“不是，我、你……”

29.

他微微弯起嘴角，眼睛真挚地看着我，语气里三分恳切请求，七分温柔笑意，认认真真地问：“都送给你，你能不能只唱歌给我听？”

我只觉得眼前一花，脑子里一片空白，等反应过来的时候钱就已经打过——不是，我就答应了下来。

顾依凉看起来很高兴的样子：“好，那就这么说定了。”

我伸手扶住了额头：“不是你等等。”

他嘴角立刻往下一瘪，眼睛一眨一眨，略有几分委屈的样子：“你要反悔吗？”

我：“你给我正常一点！”

30.

我沉思了三分钟，把他今天的行为从头捋了一遍，终于发现了不对劲的地方到底在哪里。

他于一日之内，展示了青涩示好少年情、温和负责有耐心、遇事果决应变力、鬼马狡黠小精灵、霸道强硬……

从邪魅霸道总裁到呆萌奶狗，他都给我依次演了个遍！

他这是在作妖吗？

31.

我问：“你是不是看小说了？”

他摸了摸鼻尖。

32.

我往沙发上一靠，底气十足地恢复成了霸王之姿，朝顾依凉扬了扬下巴：“坦白从宽，说吧，怎么回事。”

顾依凉咳了一声，坐到了我旁边：“就，想着参考学习一下，看看该怎么操作。”

真是难以想象他居然会特地去看小说。

我半是钦佩半是想笑，满载着及时拆穿了他的自豪感，态度十分高傲：“都学到些什么了？”

“呃……”他喉结滚了滚，“就，取其精华地学了一些。”

33.

取得也太过精华了吧！这是何等高阶的提纯能力啊！

不知道是什么文章里的操作和套路，杀伤力竟然如此巨大！

不是我的防线不够坚固啊，我就问换作是你，你能抵挡住吗？

我不但抵挡住了，哎嘿，我还机智地洞悉了真相。

我得意地笑，又得意地笑。

34.

我高昂着骄傲的头颅："哦？那你说说我喜欢哪一种？"

他微微一愣，闷笑了一声："你，貌似都挺喜欢的。"

我："你放……"

我好像……无法反驳。

我不但被他说得一愣一愣的，还窒息了少说十次。

霸王之姿维持不下去了，我羞愤地抄起手边的软包砸他。

35.

软包被他笑着拦了下来，我气闷地倒回沙发里："不是说了不用这么刻意嘛，顺其自然就好了啊。"

他没忍住笑："可是我看你好像也挺乐在其中的。"

我："你！"

算了，他看来是真想和我做朋友啊！

我白他一眼，干脆承认了："是是是，是挺好玩的啦！可是总觉得哪里有些不对劲，还不如自然点好。"

他眨眨眼："你是说我本来的样子就很好了？"

我点点头："对啊。"我想了想，"不是，你这是陷阱问题啊！不行，你这些套路都是从哪篇文里看来的啊，我也要去学！"

他突然陷入了沉默之中。

我心想：什么宝藏文章啊，至于这么藏着掖着吗？

他："你别去看了，没有什么套路。我只是参考了一下人设和相处的风格，具体的内容都是我自由发挥的。”他顿了一下，继续道，“所以即使换人设和语气情绪，还是我本身的说话方式，想表达的内容也是一样的。”

我一愣。

36.

就这么一会儿愣神的工夫，他不知又从哪里掏出了一条项链递给我，弯眼笑笑：“所以说你答应了，不能反悔。”

我：“不反悔不反悔，但是你赶紧把这些乱七八糟的东西给我拆下来，我脖子都要断了！”

37.

把身上的挂饰都拆了下来，我感觉自己至少轻了十斤，足尖点点地都能像氢气球一样升空。

我揉着脖子，回顾了一遍今日见识过到的百变顾依凉，不禁好笑道：“幸好你没打算学那种包下一整间……”

顾依凉正按着手机的手微微一顿。

我：“高档餐厅……”

顾依凉的手腕微微一抖。

我：“还安排了小提琴手……”

顾依凉的手臂微微一僵。

我：“的冤大头……”

顾依凉飞速打了几个字，把手机收了起来，哈哈大笑：“怎么会呢？东西都收拾好了，我们走吧，去找个地方吃饭。”

我也哈哈大笑，应了下来，心道：好的冤大头。

38.

跟两个助理一起步行就近找了间小馆子把晚饭解决了，我慢悠悠地喝着蜜茶吹风扇，听小陈说评书一样讲些有的没的。

“哎说到这个，言言你明天是傍晚的戏哎，”小陈翻着手机里的行事历，把剧组排好的时间表拿给我看，“差不多等于放了一天假，考不考虑就近去哪里玩一下啊？”

“不了吧，”我扫了一眼，兴致缺缺，“剧组的位置那么偏，不管去哪儿都要在往返的路上浪费时间，还不如待在酒店里睡觉。”

见小陈略有些蔫，我道：“你不用跟着我啊，可以自己去玩，按时回来就行。”

小陈立刻容光焕发地跟我道别，并于五秒内消失了踪影。

39.

顾依凉拍拍我的肩:“真的不想去哪里玩？我开车来的,比较方便。”

主要是我对这座城市不熟啊，只知道有几家出名的酒吧，可我不想喝酒。

我想了想，问：“哎，你是本地人对吧？”

顾依凉“嗯”了一声，介绍了几个本市的游玩景点。

钓鱼太闷，爬山太累，农家乐蚊子太多，游乐场人杂……

我蓦地灵光一闪，说：“不如去你家看猫吧。”

40.

顾依凉愣了一下，半晌后极其僵硬地点了点头，昨夜我在他脸上见到过的那种凝重表情再次浮现了出来。

我：“不方便吗？不要勉强啊，没关系的，不去就……”

他摇了摇头，一脸凝重地打断我：“方便，没有勉强。”

为什么他总是要用这种做出了重大艰难抉择的语气讲话啊？

41.

我摸不着头脑地看着他凝重地给助理放了假，凝重地起身带路去寻车，其间擦碰饭馆食客四人，道歉五次，差点撞翻服务生两次，走到大路上平地崴脚一次，认错车两次……

我看呆了。

今天早些时候那个运筹帷幄谈笑风生的顾依凉哪儿去了？

眼前这人这三魂七魄至少得没了一半吧？

我们这是要去看猫还是要去赴刑场啊？步伐至于这么沉重吗？

42.

我正犹豫着要不要把他叫醒试试，他就恢复了过来，一脸如常地调着座椅后视镜，还提醒我系好安全带。

说实话他这个样子弄得我心里发毛，有点想跳车逃命。

久未在我们之间出现过的尴尬气氛悄咪咪地冒出了一个小头，我后背一紧，赶紧找些话来缓和气氛：“哈哈哈，车不错啊。那个，开车吧？”

我说话的时候他刚打火起步，突然一记浅刹，把我吓了一跳，我听见他语气复杂地问：“要开吗？”

他很宝贝这辆车吗？问话问得怎么这么……艰难呢？

我连连摆手：“我又不认得去你家的路，你开就好、你开就好，早点到家早点看猫。”

他莫名其妙地沉默了几秒，又摸了摸鼻尖，驾车滑进了车流中。

第十五章

熬夜看球的标准配备

1.

车子平稳匀速地行驶着。

顾依凉没说话，我也不敢说话。

静，太静了，实在是太静了。

静脉没这么静，静香没这么静，静安区没这么静，静心口服液都没这么静。

2.

我很慌，危机感将我紧紧缠绕。

除了发动机的轰鸣和电器之声，我似乎能听见自己鼓点般的心跳声。

这气氛实在是太诡异了！

他握着方向盘的手指为何泛白？挺直的背脊为何紧绷僵硬？这种情况，这种沉默，这种僵持……

我眼睛一眯，眼神瞬间犀利了起来。

顾依凉他该不会是想对我动手吧？！

3.

他是想把我的器官卖掉，把我卖进马戏团里或是大山深处，还是单纯地想杀我吃肉？

不过转了两个路口的工夫，我已经层层递进地推理到了：他这段时间对我这么好，说不定就是想让我放松警惕，好找到机会将我一击必杀，除掉我这个对家，在事业上更进一层楼。

4.

这份危机感在我第三次于车窗外看见同一个广告牌时达到了顶峰。

我上半身紧紧贴着车门，时刻准备着跳窗跑路，小心翼翼地问："咱们……怎么一直在这个地方绕圈啊？"

顾依凉看起来似乎更僵硬了，比我还小心翼翼地回答："家里没准备东西，想顺路找一下……嗯，超市。"

5.

是什么东西没准备好，才会让他紧张到这么失魂落魄？！

警察叔叔我害怕啊！

6.

我贴得离车门更近了，声音放得极其轻缓，试图稳定他的情绪："前面右转，有一家小百货商店，我刚刚看到了。"

他微微偏头看了我一眼，突然镇定了许多。

车子直行右转，然后停了下来。

他说："我去买就好，你在车里等我。"

我瑟瑟发抖地点头，目送着他下车走进了小百货商店，立刻侧身扒在车门上疯狂地摸索，试图抠开车锁。

6.1 依凉手机备忘录—节选1

该来的总会来的，对家提出要去我家。

我，非常紧张。

家里什么相关的装备都没有，是我疏忽了。

对家比我淡定许多，知道我没准备，还反过来宽慰我。

要镇定从容，一定要镇定从容。

我应该把日记本随身携带着的，不然都不知道该怎么整理心情。

7.

顾依凉提着一个大塑料袋回来的时候，我刚目露绝望之光地把安全带解开，正试图肘击车窗。

他：“怎么了？”

我迅速把安全带扣了回去，正襟危坐地对他微笑：“回来啦，这么快？”

他一身泰然地点点头，动作优雅又自然地坐回了驾驶位，一举一动都十足沉着冷静，跟刚刚那个神经质的杀人狂形象判若两人。

8.

他是不是下车偷偷打镇静剂了？

见他侧身把塑料袋放到了后座，我的视线不动声色地追了过去，用眼睛狂暴地检索着那个塑料袋，企图透视出其中的内容。

塑料袋鼓鼓囊囊的，隐隐透出了抽纸、厨房用纸、薯片、零度可乐、速冻比萨、一次性纸杯……

9.

哈？这是熬夜看球的标准配备啊？！

所以他刚刚是在担心自己的待客之道不够完善，害怕自己招待不周？

我满眼问号地看着他，他回望了我一眼，给了我一个“稳了”的眼神。

哈？什么稳了啊？

10.

车子重新起步，顾依凉专心地开着车，依旧不发一言。

虽然气氛仍有那么一丝古怪，但比刚才好太多了。

我百思不得其解地揪着那一丝古怪，突然灵光乍现。

我知道了！

BGM（背景音乐）！一定是因为没有 BGM！

沉默的空白是需要 BGM 来润滑填补的，情绪是需要 BGM 来渲染带动的，我一个演——啊不是——我一个拍戏的，居然忘了这么重要的东西！

11.

我恍然大悟，暗骂自己愚蠢，伸手点了点车载音响，客气地问顾依凉："可以放歌听吗？"

顾依凉"嗯"了一声，我按下了播放键，乐声一瞬悠扬了起来。

在听清这是什么歌曲的那一瞬间，我陷入了深深的沉默之中。

听着柔情似水的 3D 立体环绕声的 *Only you*（《只有你》），我神情恍惚，如坐针毡。

车里的气氛更古怪了！

BGM 放错了啊！

不是要渲染带动这种奇怪的情绪啊！

行驶在笔直大道上的车不要突然急转弯啊！

停车！

我抖着嘴唇颤着手，假装一个不小心手滑地切了歌。

同样的招数并不能用两遍。

所以，我在接下来的十几分钟内，神情恍惚、如坐针毡、抖唇颤手、满眼走马灯地听完了 *Wonderful Tonight*（《迷人之夜》）、*Say You, Say Me*（《说你，说我》）、*Nothing's Gonna Change My Love For You*（《此情永不移》）、*Can You Feel The Love Tonight*（《今

夜爱无限》）、*Quando Quando*（《何时》）……

12.

我真的很想一把揪住顾依凉的领子，问问他是从哪里找来的歌单！

欧美浪漫经典劲歌金曲 TOP 50 首吗？！

当 *Careless Whisper*（《无心快语》）的前奏激情奏响的时候，我甚至比刚才还想跳车。

顾依凉倒是一脸淡定，手指还在方向盘上放松地轻轻打着拍子，一派“在我的 BGM 里没人可以打败我”的从容不迫。

他还会在等红灯的间隙转头过来对我微微一笑。

我终于不再怀疑他要对我动手了，我怀疑他要对我下手。

13.

不行不行，一定是我的内心戏太丰富了。

这车谁都能坐，歌又不是特地放给我听的。

他作为一个敬业的演员，不但时时警醒自己正在营业中，刻苦地钻研小说，研究不同的营业方式，与我细细探讨该如何共同进步，还每天废寝忘食地给我和粉丝送温暖，我怎么能如此恶意地揣测他！

这份朴素的友情，感天动地！

14.

还好还好，一首 *Make You Feel My Love*（《让你感受我的爱》）还没放完，车子就驶进了地下车库。

顾依凉轻声哼着歌，把车子摆正停稳，我大松一口气，如释重负解开了安全带。

我愣愣地跟着顾依凉上了电梯，愣愣地进了他家的门，愣愣地坐在他家的沙发上，愣愣地抱起他的猫。

我感觉我现在非常可怜，非常弱小无助，非常孤苦无依。

算了，还是用“孤苦伶仃”吧。

15.

冷静，卫言梓，一定要冷静，重要关头千万不能自乱了阵脚。

幻觉，一定是幻觉。

乱花还能渐欲迷人眼呢，顾依凉都好看得傲立枝头了，我不过是被美的事物迷惑了眼睛和心灵！

对美好外表的一时迷恋终究是肤浅的，我必须有更高的追求，坚定笔直的意志决不动摇，必须固守本心！

我决不会妥协的！战帖就撂这儿了，好胆你就来！

层层递进地咬牙给自己做了好一番思想工作，我长吁一口气，左右张望了一下，见顾依凉正躲在厨房里整理着那个塑料袋，我便心无旁骛地揉起了猫，跟猫互诉衷肠。

16.

我挠挠猫的下巴：“你好，在下江湖你言哥，敢问阁下尊姓大名？”

我又掐着嗓子答：“你好，免贵姓顾，叫我顾阿猫就好啦。”

我摸摸猫的鼻梁：“哦，你好你好。那个，我想跟你打听个事啊，你爸他是不是见人就对别人好啊？”

我又掐着嗓子答：“倒也不是，我爸他虽然没有节操，但他只对长得好看的人好，兄台你是不是深受其害呀？”

我揉揉猫的肚子：“嗨，可不是嘛，快把我愁死了，你说他这人咋这样呢！”

我又掐着嗓子答："少侠莫愁，有言道天道好轮回。"

我捋过猫的脊背："承您吉言……"

17.

见顾依凉端着两杯温水走了过来，我瞬间收声，装出一副若无其事的样子低头玩猫。

顾依凉看了一眼我怀里的猫，把水杯放在我面前，话里带着些大家长的骄傲自豪："可爱吧？"

我点点头，端起水杯喝了一口："它好乖哦，都不会抓人哎。"

"对啊，它还能听懂一些指令，"顾依凉冲我招了招手，"威廉，来爸爸这里。"

我："嗯？"

我眼睁睁地看着怀里的猫站了起来，慢悠悠地晃到了顾依凉手边，一秒瘫倒，把肚子露了出来。

我："你叫它什么？"

他："威廉啊。"

他："哎？是不是撞名字了？"

我："你还有脸问啊？！"

18.

合着我刚才自娱自乐了多久，就给他当了多久的儿子？

这猫他至少养了一年吧，他一直管这猫叫威廉？

既然我现在是顾依凉的朋友了，那这猫是该叫我哥还是该叫我大爸？

我正纠结着先后次序，顾依凉突然抱着猫起身上前两步，把猫放进了我怀里。

我：这是干吗？作为William的威廉交接仪式，作为撞名的兄弟相认，还是亲子时间？

他极力憋着笑，拿出手机对着我和猫一阵猛拍：“别动别动，就这个姿势，就这个角度，威廉把眼睛睁大一点，哎好……”

猫满脸无辜。

我一脸蒙。

19.

报！顾依凉开始挑照片了！

报！顾依凉开始打字了！

报！卫言梓手机振动了！

报！卫言梓手机振动了三下！

我非常确信那三下振动分别是星饭团提醒的冒泡、发新微博、被@。

情况万分紧急，时间紧迫，我按捺不住了，立刻表情严肃地把猫放下，拿出手机，解锁屏幕，打开微博，于第一时间——抢第一！

20.

@顾依凉Liam：两个威廉。@卫言梓William

配图是我与猫与他家沙发，墙壁上的挂钟指向当前时刻晚间九点四十六分。

21.

前些日子我们还是对家哎，现在就是朋友了？！

大家能接受吗？！

我觉得不太能！

我故作冷静地微微皱起眉，假意矜持地问：“这样发会不会不太好呀？”

顾依凉也微微皱起了眉，沉吟道：“会吗？那你等等，我有微博会员，可以编辑一下。”

片刻之后，我刷新了一下微博界面。

@顾依凉 Liam：我和威廉 with@卫言梓 William。

22.

我死死掐着自己的大腿，苟延残喘地抓住了最后一丝清明，语气如常、略带不满地问：“你干吗要给它起这个名字啊？”

顾依凉笑了一声，答道：“我把它买回来的时候随便取的，还挺好听的。说来也巧，刚把它抱回来你的脚就受伤了，正好借它出镜了，所以我就说你就算看到那个视频也不会知道是什么意思嘛，你又不知道它叫什么。不过已经过去一年多了，你不提我都没想起来……”

他说了一大段话，我没太听进去，满脑子都是两个字在反复刷屏：“视频！”

23.

我看着顾依凉，想把他美好的模样镌刻进心间——永远铭记这一位给我带来无限欢乐的大手，直到八十岁时回忆往昔也能面带笑容。

我热泪盈眶，眼眶泛红，呼吸略显急促——激动得。

我眼神稍稍有些恍惚——被震晕得。

我嘴角抑制不住地上扬——兴奋得。

顾依凉突然“噌”的一声站起了身，小跑进了书房，又小跑进了洗手间。

他这又是干什么？

23.1 依凉备用日记—段落 1

我该怎么办？！

不敢相信我居然在日记里写出了第一个感叹号。

现在不是该在意感叹号的时候。

我真的完全不熟悉这项业务啊，真的要……吗？

不能借口在洗手间里躲太久，可是，我真的非常紧张。

不知道对家是怎么了，聊天聊得好好的，他突然用非常奇怪眼神看着我，我……

24.

他起身的动作太突然了，我担忧地敲了敲洗手间的门："顾依凉？你怎么了？"

里面应道："刚刚摸了威廉，想洗个手。"

我心想：原来他有洁癖吗？之前怎么都没发现！

24.1 依凉备用日记—段落 2

怎么办？

我是不是不该突然起身离开？对家会不会因此觉得我很奇怪？

为什么我昨天没再把功课做足一点，多写几种应急方案？

我没想到会进展得这么快啊，我还什么资源都没给他。

25.

洗个手至于这么久吗？他别是得了急性胃肠炎吧，那得去医院，我又担忧地敲了敲门："你是不是不舒服啊？别讳疾忌医啊，不能拖的……"

里面应道："不是，等等要给威廉准备罐头，手要洗干净一点，不然它会吐的。”

好金贵的猫……

25.1 依凉备用日记—段落 3

对家还在催我。

啊，我该怎么办？连写字都厘不清思绪。

算了，要是他真的这么急……就先顺着他的意思吧，回头再把资源补上好了。

26.

洗手间里什么声音都没有，我真怕顾依凉是犯了急性胃肠炎，把自己疼晕了，就焦急地门口晃来晃去，又整个人像一只壁虎一样趴在门缝上，试图探听到里面的动静。

门突然打开了。

我差点扑到地上，顾依凉及时半拉住了我。

顾依凉说：“我们、开……”他犹豫地止住了话音。

27.

我近似崩溃地看着他。

到底开什么啊？！

开电视？看球赛？

毕竟对家刚刚可是买了一堆看球赛时吃的零食。

28.

他：“开黑吧，走双人路。”

29.

打游戏？

柜门“砰”的一声合上了。

仿若倒放版的《名侦探柯南》过场片段。

从没想到“大开大合”这个词有朝一日会真的应用在我身上。

30.

我看着顾依凉足不沾地在房子里东奔西忙，开电脑下游戏，搬椅子进书房，洗水果拿饮料，再给朋友打电话借账号。

我心里的雨倾盆而下，却始终淋不到他。

他把能忙的都忙完了，差点没把书房布置成网咖，又直挺挺地坐到了电脑前，开了浏览器搜索游戏英雄出装指南，态度比备教案的教师还要严谨认真。

他全程都没往我身上看一眼。

31.

打个游戏还这么认真，他三好学生啊？！

我心里五味杂陈，故作轻松地走到他身边坐下，循序渐进地展开话题：“怎么不玩《DOTA》啊？”

我刚开口，他就莫名其妙地放松了挺直的脊背，眼睛亮亮地看着我，还压着我的尾音急急答了话：“玩《LOL》也是一样的，反正都是MOBA类游戏，大同小异，玩你喜欢玩的，不用担心我，我之前也玩过一阵子《LOL》的，技术还不差……”

他怎么一副生怕我不会跟他搭话的样子啊？

我奇怪地看他一眼：“哦……好啊，那下次一起玩《DOTA》吧，我学一下。”

他眼睛又亮了几度，泪汪汪点头：“嗯嗯！”

32.

总觉得哪里怪怪的。

又说什么想陪我玩我喜欢玩的，什么意思啊？

难道刚刚的事情是有什么误会？

这么想着，我心里的滋味更复杂了，细细斟酌着遣词用句，小心谨慎地试探道：“是这样的，如果呢，有一个机会摆在你面前，嗯……我想，让你和我一起，携手合作，共创美好未来……”

看着神色渐渐认真起来的顾依凉，我心底微荡，放缓了话音：“你会怎么选？”

话音初落，他当即认真地作答：“你是说要打排位吗？那我选螳螂打野吧，我螳螂贼厉害。”

33.

我心态崩了，山体滑坡那样崩，制作经费不足的动画那样崩。

我眼神失焦地看着顾依凉。

顾依凉用“你居然这么信任我，还邀我一起打排位，我好开心”“我答得标不标准快夸我快夸我”的目光看着我。

他还胆敢莞尔。

34.

我忍着心中的崩裂和嘴角的抽搐，回以莞尔。

你给我等着吧，我要黑化了！我要化上小烟熏黑眼线涂上红嘴唇了！我要独自坐在房中对着铜镜邪邪一笑了！我要用广袖抚过半张脸，然后转换表情了！我的瞳孔里要没有高光了！我出场的时候都要配上诡异激昂的BGM了！

35.

游戏更新完毕，我们双双登录账号，随着一声背景音乐，排进了一局游戏。

言笑晏晏地禁人选人，我们闲闲讲着一些与游戏相关的趣事和段子，又扯扯明天傍晚的戏该怎么上，再说说各自近期的工作安排。

顾依凉把手边的零食递给我，我把手边的饮料拿给他。

真可谓是好兄弟走四方！

36.

等待游戏加载的间隙，顾依凉说："我很久没玩《LOL》了，等下进了游戏要是玩得不好，你不会骂我吧？"

我慈眉善目地扯了扯他的脸："这你放心，我是佛系玩家。"

37.

游戏进行到了第十二分钟。

"顾依凉我叫你去中路，你听不懂是吗？你杵在那里干吗？等着谁给你送终呢？！

"顾依凉你到底会不会放技能？动动你发财的小手按一下R键很难吗？！ RRRRR！

"顾依凉你脑子不太清醒吧？你一个人跑到那里去干什么？你要打十个吗？赶紧滚回来！

"顾依凉快过来参团了啊！你在野区干什么啊？是要散步观光看风景挑选旅游纪念品吗？！

"顾依凉这局你要是还保不住我，你就自己一个人去大龙那里，体面地自尽谢罪吧！

“顾依凉让你放个技能你是要等到明年开年再放吗？你是不是手指打了中国结啊？！

“顾依凉……”

38.

顾依凉：“佛系？”

我在敌方人群中七进七出拿了个三杀，还顺便救了个阿斗队友，目不斜视地答：“嗯，斗战胜佛。”

我目光凶神恶煞，如狼似虎地死死盯着敌方英雄。

伊泽瑞尔，名字里有个“伊”，杀！追着杀！杀得他不敢出泉水！

易大师，名字里有个“易”，杀！追着杀！杀得他不敢进野区！

雪人努努，用的技能看起来太凉，杀！杀得他落花流水！

马尔扎哈，穿着一身紫衣服，杀！杀得他丢盔弃甲！

杰斯，样子长得太丑，杀！杀得他抱头鼠窜！

我手指翻飞，鼠标狂点，杀红了眼。

我叫你说话吞吞吐吐，我叫你要跟我开黑，我叫你选螳螂还玩得贼厉害，我叫你坑我！

39.

赢了。

看着敌方水晶爆炸的画面，我一把捏扁了手边的空可乐罐，放松且舒心地静了下来，转头问顾依凉：“还开吗？”

顾依凉默了片刻，小心翼翼地拿过我手中的可乐罐：“我去给你拿瓶新的。”

39.1 依凉备用日记—段落 4

他果然生气了，换作是我，遇到这种情况也会觉得尴尬，然后生气吧。

是我不对，没有做好充分的心理建设。

怎么才能做得好啊？让对家不要这样骂我。

唉，在找到解决这个问题的方法前，作为补偿，我只能对他更好一点了。

40.

我靠在转椅上，抬头望着天花板，从书房的这头滑到那头。

顾依凉说是去拿可乐，估计是拿到西太平洋去了吧，半天也不见他回来。

我坐到沙发上，抬头望着天花板，陷入了沉思之中。

我心想：我刚刚是不是太过分了啊？

叹了一口气，我往下坐了坐，又往下坐了坐。

为什么坐不下去啊？！

我猛力往下一坐——

41.

顾依凉拿着可乐进来的动作僵住了，疑惑地看着在沙发上姿势扭曲表情诡异痛不欲生大汗淋漓的我。

我已经感受不到我的下半身了，虚着眼睛气若游丝地看着他。

嘤。

救护车在吗？

在吗？

救命啦。

42.

片刻后，被急忙召唤而来的小陈一脸复杂地看着刚从诊室里出来、步履蹒跚下盘不稳的我，以及半揽半扶着我的顾依凉。

小陈张口欲言，我一记眼刀凶狠地飞了过去。

小陈嘴唇轻微地动了动，我两记眼刀凶狠地飞了过去。

小陈静默了一会儿，嘴唇又轻微地动了动，我用眼睛对他发射暴雨梨花针。

小陈又静默了一会儿，嘴唇再次轻微地动了动，我——

顾依凉挡住了我的视线。

43.

我不顾盆骨的疼痛，让小陈带着病历消失在了我的视线范围内。

我心如死灰地转头看着顾依凉：“你看，什么事都没有吧，都说了不用来医院了……”

顾依凉一副想笑又不敢笑的样子，被我用凌厉的眼神凌迟了一遍。

他止住了笑，干咳了一声，正色道：“拿就诊记录可以跟剧组请假，在酒店里多休息两天呗，我把电脑给你带过去玩？”

那多给别人添负担啊，那多拖剧组进度啊……

咦？心里有个小人眼睛一眯。

我无助又可怜地看着顾依凉，小声道：“那你来吗？”

44.

揽着我的手微微一紧，顾依凉“嗯”了一声。

咦咦？小人脸上露出一丝微笑。

我垂下眼帘，小声道：“可是那样好耽误你拍戏诶。”

顾依凉的手仍紧着没松开，他低声道：“下戏就来。”

咦咦咦？小人脸上的微笑逐渐诡异。

我继续小声道：“那会不会耽误你背台词啊？”

顾依凉说：“不会。”

45.

我在心里哈哈大笑，装出善解人意的样子：“那你来陪我的时候背吧，我还能帮你提词呢。”

顾依凉一瞬仿佛卸下了千斤重担，手臂也放松了下来，笑着呼了一口气：“哦，好啊。不用陪你打游戏就行。”

我甩手扭头就走，又被盆骨上的钝痛生生牵制住了脚步。

顾依凉上前两步重新扶住了我，没绷住一下子笑出了声：“演技还是要多磨练，情绪不到位啊。”

46.

二次伤害！裁判！他对我进行了二次伤害！

不对，是三次！他还嘲讽我的演技！

把我的草履虫顾依凉还给我！我不要这个腹黑的顾依凉！

我恨恨地磨了磨牙，把白眼翻到西伯利亚。

他好笑地扯了扯我的脸：“还没问你没事干吗折腾自己玩呢。”

我拍开他的手，没好气道：“你也说了没事干，闲得慌，想试试挑战人体的生理极限，不行啊？”

他又笑了，笑得停不下来的那种。

见他又有要把腰笑断的趋势，我神色危险地警告道：“你够了啊。”

他十分勉强地止住了笑，揉着自己的脸颊：“你连我都举不起来，还想着挑战什么极限？”

47.

这茬儿究竟要记到何年何月啊！

士不可杀也不可辱！我咬牙切齿地庄严宣誓：“你等着，过两天我好起来了，举不起你我就不姓卫！”

“哦？”他挑眉笑笑，目露怀疑之色。

被挑衅了！

这是赤裸裸的挑衅！

我悲愤道：“你！”

他一脸笑意：“我？”

我咬牙道：“你再这样！”

他一脸新奇：“我再这样？”

我：“我就……”

他：“你就？”

我：“我就唱歌给别人听了！”

他：“嘤。”

第十六章

对外营业“爱豆脸”

1.

今天的我，是找不到任何理由来表现正常的。

自从早上顾依凉拿来一瓶饮料，就注定了今天会是不平凡的一天。

2.

说好的商业合作，营业炒作，一起快乐，我终于做到了。

我盆骨一轻，目光炯炯：“你快乐吗？”

顾依凉不确定地看着我：“我……该快乐吗？”

我眼神炽热，上下晃动着他的手：“我很快乐。”

这是我个人迈出的一小步，从这一刻起，我终于不再是那个只能坐以待毙的卫言梓了。

合作的号角已经吹响，我激动不已地握着顾依凉的手，看着他的眼睛，仿佛透过那双黑眸看见了光明坦荡的、身居上位的未来——

蓦地，一声极细极轻的女声从不远处软软地飘了过来：“嘤。”

3.

顾依凉与我一同向声音来源处望了过去，在我们同步动作的瞬间，又一声“嘤”传了过来。

我眼神一凛：呔！哪里来的“嘤嘤怪”！

一个看起来年纪很轻的小姑娘正站在远处的阴影角落里，一只手提着一个保温饭盒，一只手捂着嘴，眼睛圆睁地看着我们。

从她的视线中，我清晰明朗地读出了一句话——

妈，我看到真的顾依凉和卫言梓了——以及一栋拔地而起的粉区高楼。

确认过眼神，她是粉丝。

4.

我一下子就找到理由回归正常了。

我瞬间挂上了对外营业的“爱豆脸”，优雅中不失亲切、亲切中不失活泼、活泼中不失沉着地对她点了点头。

5.

你以为现在的我面对这种情况还会像以前一样失措？呵，天真，并且大错特错。

淡定从容可是成为上位者的必备心理要素之一。

我和顾依凉刚刚握手的姿势就跟领导人会面似的，一点都不出格，点到即止，剩下的让小姑娘自己“脑补”就好了，被偷拍了也没关系，造不成什么威胁，毕竟这是在医院，处理得好的话，在合理合作之余还能顺便卖一下友爱互助的人设。

逻辑清晰思维缜密，在粉丝面前，仍能面不改色地考虑如何妥善处理眼前的状况才能将利益最大化，我觉得我又离上位者的角色近了一步。

6.

正准备招手让小姑娘过来，顾依凉突然抬手给了我一个“稍安勿躁”的手势，又拉下口罩做了个“别怕”的口型，再递给我一个“我来处理”的眼神，便大步流星地朝小姑娘走了过去。

怎么感觉脑中胜利的悠长号角声突然就戛然而止了呢。

7.

只见顾依凉止步于小姑娘跟前，竖起食指放在嘴唇上，对着她眨眼一笑：“这件事，要替我们保密哦。”

小姑娘立即捂着嘴嘶声呜啼，把头点得像是在打地基。

上位者的淡定从容果然不该是属于我的，我拖着病体艰难地一步步往他们那儿挪，试图把顾依凉及时拖回来按进抽水马桶里冲掉。

8.

虽然不过短短几步路程，我挪得也并不算慢，可脚步再快也快不过顾依凉的嘴。

顾依凉丝毫没觉出自己的话给在场的其余两人造成了多大的冲击，笑着问：“嗯，有拍照吗？”

小姑娘打地基的动作顿了一下，不好意思地“嗯”了一声。

顾依凉双手合十作拜托状，歪头卖了个萌，好声好气道：“能删掉吗？”

没等小姑娘反应，他转头看向捂着胯骨一瘸一拐的我，又把头转了回去，道：“不想被粉丝看到他这个样子，影响不好。”

我求求你了顾依凉！

你说话的时候把主语加上啊！

只有我知道你的意思是我会觉得这个样子太尴尬，是“我”不想被别人看到我这个样子！

是我！是你的小可爱卫言梓啊！！

9.

小姑娘看着顾依凉，快要灵体分离进入轮回了。

顾依凉大概是一部抽真空机成了精，三个人当中有两个快要窒息了，他仍是一副如沐春风的笑脸模样：“可以吗？”

小姑娘咬着牙抖着手把手机递给了他，我也终于要挪到他们身边了，还不晚，只要我——

顾依凉："这几张拍得还不错的就留着吧，不要大范围传播就好……"

还来得及！只要我——

顾依凉："不如把原图发我一下吧。"

10.

神仙难救，神仙难救啊！

接下来都发生了些什么，我已经不知道了，因为我强行抽离了自己的注意力，把魂像放风筝一样挂在天上飞。

你问为什么？

清醒的我要怎么面对这一切啊？

顾依凉搀着行动不便的我，缓步离开了小姑娘的视线。

他步伐稳健，我一步一摇。

他眉梢含笑，我眼角有泪。

11.

我回到了顾依凉的家。

事情是这样的，因为我需要人照顾。

我乖巧安分地躺在了沙发上，双眼依旧迷茫。

为什么？为什么总是这样？这究竟是为什么？

为什么这么难搞懂顾依凉的想法？！

难道世界上真的有这种想法是根据月相来变化的人？

月有阴、晴、圆、缺，顾依凉有是、非、曲、直？

12.

我浑浑噩噩地思考着这个问题，身侧微微一陷，是顾依凉坐了上来。

我们各踞一端，中间相隔银河万里。

我没有妄动，我不敢妄动。

经验告诉我，千万不要去期待或臆测顾依凉将会有何行为。

因为我站在三岔口的中央，不管往哪个方向期待臆测，他都能片叶不沾身地巧妙避开我的所有期待和臆测，做出全然出乎我意料之外的举动。

咦，稍等片刻。

我眼睛一眯——这个原理，怎么好像跟立Flag（旗帜）是一样一样的？

那我……试验一下？

13.

我闭上眼，心中默念：顾依凉一定不会主动开口搭话，顾依凉一定不会主动开口搭话，顾依凉一定不会主动开口搭话……

顾依凉问：“你睡了吗？”

14.

看看我发现了什么！逆反顾依凉定律！

我，卫言梓，“顾学家”！

15.

我轻轻咳了一声：“没，怎么了？”

顾依凉把毛毯递给我：“在医院的时候我不该那样说你的，其实你的演技已经有进步了。”

原来他还会这么细致地自我反省认识错误啊，心思好细腻的样子，跟那个“螳螂贼厉害”真的是同一个人吗？

不管怎样，被夸了还是要谦虚的，我摆摆手："哪里哪里，就我那个蛋黄派的演技……"

顾依凉诚恳道："怎么会呢，你现在至少有派大星的演技了。"

我无语。

是你吗？螳螂贼厉害！哥！是你吗哥？！

我："那我继续努力，争取早日达到胖大海的程度。"

他："嗯嗯，你有这个信心是好事。"

16.

这天真的是聊不下去了，哪怕吴邪来了也没用。

我把毛毯一卷，挡住了快翻转一百八十度的白眼，闭上眼不想说话。

顾依凉半天没说话，再开口时带着一些犹豫和谨慎："我说开黑，你是不是生气了？"

我蓦地把眼睛一睁。

他的问题是什么？我是不是生气了？

17.

我当然没生气啊。

我只不过是在心里声嘶力竭地默唱了十三遍掀起波澜；把一场排位赛杀成了人机局，拿了对面二十多个人头，并且拿的每一个人头都当作是你的；状似疯癫卯起劲要跟你拼个你死我活，甚至上头到把自己一屁股坐进医院；心里还有某一处细小的地方跟祺嫔一起在雨中被乱棍打死了……

如此而已。

我在黑暗中表情狰狞，语气平淡："没生气。"

那边传来舒了一口气的气音，他话带释然："那就好。"

我沉默。

他轻轻一笑："还以为你打游戏打得那么凶，是因为生我的气呢。"

我哭笑不得。

18.

我在心里疯狂默念：顾依凉绝对不会被自己呛死，顾依凉绝对不会被自己呛死，顾依凉绝对不会被自己呛死……

顾依凉突然轻轻干咳了几声。

哈哈哈！你惹到"顾学家"了，我认真严肃地跟你讲！

我在心里疯狂默念：顾依凉绝对不会滚下去，顾依凉绝对不会滚下去，顾依凉绝对不会滚下去。

顾依凉身子稍微往外倾了倾，又急忙往里面坐了一点。

差点滚下去了！

哈哈哈！我在心里无情地笑！

我在心里赞叹连连，这真的是好玄学啊，那我要是在心里默念"顾依凉一定是准备去睡了"——

我的思维突然断了，因为有个人突然站起身，轻声道了一句"好梦"。

19.

我目瞪口呆。

这也太玄学了吧？

那我要是说"顾依凉的钱一定不是我的"呢？

哦……是了，切莫贪心。

20.

闭上眼，回想起这不平凡的一天，我的内心依旧无法平静。想着想着，我蓦地意识到——我对顾依凉，好像，完全不如他对我好诶？甚至，我根本就没有对他好啊？

决定了！我要对他好。

第二天，在顾依凉睁开眼的瞬间，我把早餐端到了他的面前。

他愣了十来秒，睡眼惺忪地坐起身：“怎么……”

我：“你爱吃的小米粥和流沙包，都是我亲自下楼买的，快，趁热吃。”

他：“我先刷牙？”

我：“那你稍等，我帮你去挤牙膏。”

他动作僵硬地刷着牙，我垂手随侍一旁，见他要漱口了，立刻把水杯双手奉上。

他把泡沫吐掉，迟疑道：“你的盆骨……好些了？”

你看，他醒来说的第二句话就是关心我。

我答：“劳您挂心，完全好了，一点问题都没有。”

看他一脸不信，我呈转呼啦圈状扭了几圈，又预备来几个大跳。

他一把按住我，轻轻皱起眉：“别又扭到了。”

你看，他醒来做的第二件事就是关心我。

小小地感动了一下，我感触万分地看着他，正不知该如何进一步向他示好时，他拿起了一旁的洗面奶。

我气运丹田：“放着我来！”

21.

顾依凉站着没动，不知是配合我还是被我吓着了。

我把洗面奶泡泡打得绵密，往他脸上仔细地抹，边抹边夸：“你的皮肤真好，细致，都看不到毛孔，小灯泡似的，来把眼睛闭一下哦，好，哎，皮肤真嫩，可以冲水了啊，啧，那什么牌子没找你去代言，真是他们的损失……”

顾依凉自己把泡沫冲掉了，我立刻把毛巾送上。

他似是有些无所适从地接过，神情复杂：“你不用做这些的……”

你对我那么好，我不做这些何以为报！

“没事没事，”我连连摇头，答得坚定，“这些都是我应该做的。”

22.

为什么他的神情看起来好像更复杂了？

一定是我还不够努力！

23.

我把替他挑好的今日穿搭服装递给他，殷切地注视着他把衣服换好，又帮他理了理衣领，抻了抻衣摆，再护送他到餐桌前坐下，给他递勺子拿纸巾，又帮他把粥摊凉一些，挪到他跟前。

他全程身体僵直地看着我，不敢与我有更多的身体接触。

我懂，他大概是回过味来了，接受不了自己昨夜做出的莫名举动。

成败在此一举了，我一定要把他留下来！

我端起粥碗：“我喂你？”

24.

他迟疑地端起另一碗粥：“那……我也喂你？”

哎？这不在我的剧本里啊。

我迟疑地应了一声。

25.

我们面对面坐着。

他面带犹疑地一勺一勺把粥送进我嘴里，我面带疑惑地一勺一勺把粥送进他嘴里。

互……互帮互助？和……和谐友爱？气氛似乎略有一丝古怪。

我舀起一勺小菜："来，配上你喜欢的肉松。"

他舀起一勺小菜："来，配上你喜欢的毛豆。"

我："慢点慢点，小心烫。"

他："慢点慢点，小心呛。"

我搁下粥碗，拿过纸巾给他擦嘴。

他伸手过来，拿纸巾抹了抹我的嘴角。

26.

这个人怎么这样啊？！

比演技我比不过他，比长相我比不过他，比关心我也比不过他？！

镇定镇定，此路不通，另觅他路。

我想了想，道："昨天我们在医院被拍到的照片还是小范围地传播了一下，黑粉大战、恶意阴谋论，什么都有。不过你放心，我已经联系人去处理了。你先别看微博评论，不要影响了心情。"

他稍稍一愣，有些疑惑："为什么会扯到黑粉阴谋论？"

是，你不知道自己昨天都说了些什么，这不怪你，怪我，怪我不该沉默时沉默，该勇敢时软弱，全都怪我。

我诚恳地微笑："圈子嘛，粉丝就是爱八卦爱想象。这样也好，白赚曝光度，也正好为你下周要上的综艺炒一下热度。"

他拿过手机看了一眼行程安排："我下周没有综艺要上啊？"

我："现在你有了。"

他："嗯？"

我："一线综艺，和最近大火的新晋小花一起，还有另外两对话题炒作，你懂的吧，这样……”

他打断了我：“是公司新增的安排吗？怎么不让我跟你一起上？”

我愣了一下。

也对，他之前跟小花明星们全无交集，上这种互动性强的综艺是会有些尴尬，还有可能引起“对象粉”们的反扑。

我：“你想要我跟你一起上吗？”

他：“嗯啊。”

我：“行，那我跟公司说一声，一定给你伺候好了！”

他的脸突然黑了几分。

27.

为什么啊？！我都帮他拿到一线综艺了，他怎么都不表现得开心一点呢？

难道是嫌工作量繁重？

他不是事业型选手吗？

我不解地看着他，定了定心神，沉稳地祭出第二道杀器：“对了，这个地址是你的常用地址吗？过两天会有一个包裹送过来，你记得让人签收一下。”

他问：“什么包裹？”

我答：“你之前发微博说想收藏但没能抢到的那双球鞋，我朋友那儿正好有一双。”

他问：“给我的？”

这下总能把他哄开心了吧！我兴高采烈地点头：“嗯嗯！”

28.

顾依凉脸上的表情看起来并不太正面：“你对……也是这样？”

对谁啊？他讲话怎么含含混混的，我一头雾水回答：“没有啊，就只有对你而已。”

那双鞋都找不到第二双了，我想送别人还没门呢。

我正搜肠刮肚地想找些好话来讲，他的手机响了起来。

29.

顾依凉接完电话回来，表情有些微妙。

我大概猜到了是什么事，还是摆出疑惑又关切的表情：“怎么啦？”

他倒也没遮掩：“家里的事，老头子准备带着我小妈出国了，让我以后不要再联系他们。”

30.

我只是让老黄帮忙想个办法，他别把人办掉了吧？！

我怎么一点都没遗传到他的行动力啊？！他也没跟我说一声啊？！

我坐立难安地问：“电话那头，两老……身体可还康健？”

他奇怪地看了我一眼，“嗯”了一声，又说：“他们意外得了一笔钱，之前那起车祸又要重启调查，他们就跑了。”

还好还好，老黄还是靠谱的，我松了一口气，哈哈一笑：“那，感觉还不错？”

他迟疑地“嗯”了一声：“就是他们得钱的方式有些奇怪。”

我：“怎么？”

他：“家里窗户玻璃被砸了，扔进来一包现金和一张贴着密码的卡，落款写着‘你爸爸’。

“他们想着可能是哪个脑子有问题的销赃销错地方了，马不停蹄地拿着钱就跑了。

“也不知道是什么人干的，蠢得可以。”

我：“嗯……”

31.

既然已经有医院照传了出去，那拖着“病体”拍戏势必能刷一拨“虽然我演技差，但我十分努力且每天都在奋斗与进步”的观感。

再说，我还要时时刻刻无微不至从细处入手地刷顾依凉的好感度呢。

必须争分夺秒，一刻都不能懈怠！

所以临近午后，我在顾依凉情绪丰富且复杂的注视下，给威廉细致地梳了好几遍毛，再洗了十遍手，给它放了罐头，又仔细地检查了一遍门窗，替他收拾好了包包，与他一起出了门。

32.

行至车前，我赶紧上前两步，替他拉开了车门。

他看了我一眼，嘴唇抿了抿，坐上了驾驶座。

我又一溜小跑地绕回了副驾驶座坐好，正要伸手去拉安全带，他直接帮我把安全带扣上了。

这人要不要这么争强好胜啊？！

我不服！我翻下车上的挡板替他遮挡阳光，他推下空调出风口避免风吹到我。

我伸手去帮他调后视镜，让他看得更清楚，他把我的座椅放倒一些，让我坐得更舒服。

33.

服了，我服了！

在我们即将在车里打起来的前一秒，我做出了让步："走吧，再磨蹭下去剧组都要杀青了。"

他闷闷地笑了一声，打火起步。

34.

顾依凉开车的时候总不爱说话，我也不知道说什么，便拿出手机给老黄发微信，指责他的浮夸作风。

隔壁老黄：我哪儿做错了？

William：用钱砸人家窗户！

隔壁老黄：大额资金转账，大半夜的银行也不开门啊。

William：那落款写"你爸爸"？

隔壁老黄：这钱是不是我出的？

William：嗯……

隔壁老黄：这钱是不是为了你花出去的？

William：嗯……

隔壁老黄：我是不是你爸爸？

William：是的……

隔壁老黄：落款有毛病吗？

William：没有。

隔壁老黄：记住了，你爸爸永远是你爸爸。

我咬牙切齿地锁了手机。

35.

我直勾勾地看着车前发呆，顾依凉偏头看我一眼，难得地开了口："你刚刚，是在跟那位黄总发信息？"

我一愣，哎，他怎么知道老黄的事啊？难道那天我跟老黄打电话他听见了？

那他岂不是听到我对他的赞美了吗？！

那多不好意思啊，我半带羞涩地开口：“啊，那天我讲电话的时候你听见了？”

他捏着方向盘的手紧了紧：“嗯。”

啊，他也害羞了！

我在心里“嘿嘿”一笑，以后果然要多说些好听的话给他听！

毕竟是我擅自插手了他的家事，说出来也不太好，我怕他问我跟老黄都发了些什么内容，便抢白道：“只是在微信里日常问候一声啦，没别的。”

我话音刚落，他突然变换了开车的姿势，一只手把着方向盘，一只手倚在车窗上撑着脸，跟演偶像剧的藤原拓海似的，说话也一派轻松惬意：“哦，这样啊。”又听见他问，“你也不用特地跟我解释的。那位黄总，现在都在做些什么呢？”

36.

老黄？他还能在干吗？每天学着史高治叔叔那样在金币堆里游泳呗。

谁叫黄家不止富过了三代，还大有再富七十年的趋势呢。

人比人啊气死人，要是我是他婚生的大儿子就好了。

虽然说他从未在任何地方苛待或亏欠过我和我妈，甚至堪称父中模范、夫中楷模了，但我和我妈到底是名不正言不顺的，我心里还是有道坎，在家我叫他老黄，在外我叫他黄总，他又处处在娱乐圈里护着我帮衬我，搞得大家都以为我靠不正当手段上位，真是有苦都没地儿说。

37.

我看了一眼手机上的时间："他也没什么好忙的，估计这个点正遛鸟呢。"

顾依凉耍帅的动作一顿，话带艰涩："黄总他，爱好还挺特殊啊……"

我愣了。

我："我的老天爷啊，你脑子里都是些什么啊？黄山黄河在你脑中重千斤啊？"

他："误会、误会。"

38.

我被他一句话噎到了剧组，才勉强调整回状态。

片场可是事故多发地，从换完装起我就进入了一级警戒状态，两眼是照妖镜，双腿是追风马，防范他有可能会出现的任何意外，他往哪里去，我就跟着往哪里跑，鞍前马后，无微不至。

偏生他也是如此对我的，整个画风就有点奇怪了。

39.

一场对手戏拍完，我迅速拿遮阳伞给他撑上，他赶紧递矿泉水给我，我拿吸油纸给他摁平浮妆，他递纸巾给我擦汗。我跟他说"等等打戏一定要检查道具是否安全"，他跟我说"等等戏里有几处特别的情绪需要注意"，我说"那我们再把台词对一遍吧，你有哪里忘了，我提醒你"，他说"好的啊，有你真好"。

一套双人连招打下来，战绩堪堪持平。我蓦然回首，半个片场的人震惊难言地看着我们，两个助理怀里抱着遮阳伞、矿泉水、纸巾、吸油纸、台本无处施展，跟一颗躁动不安的心脏一样无处安放。

顾依凉："嗯……"

我："嗯……

"天气真好，今日是个吉日，不如我们就在大家的见证下义结金兰吧！"

他忍不住一笑，拽了我的袖子一下，笑声轻轻："别闹。"

第十七章

爱情这杯酒，谁喝都得醉

我和我对家

1.

休息室的门被轻轻敲了三下，顾依凉探头进来，对我说：“别偷懒啦，出来把戏赶完吧，晚上剧组要出去聚餐呢。”

我点点头，跟着他出了门。

2.

要拍的片段是我所扮演的书生为情所困，爱在心头口难开，剪不断理还乱，辞别了心仪的女二后转身于花前自斟自饮，醉卧凉亭。

化妆师给我补了个妆，我晃晃悠悠地抿着杯中的白开水，想着顾依凉的提点，演着演着就听见导演喊了“cut”，说这条过了。

3.

虽然我演技差，但这些日子的努力没有白费。

我愣愣地听着导演夸我悟性不错，进步飞快，情绪到位，超常发挥……

溢美之词一套一套的，就差没说我有望冲击金奖了。

我何曾受过此等待遇！

左右看了一眼，我低头在导演耳边小声问：“陆导，是不是黄总又给剧组投资了？”

陆导跟老黄关系不错，当即就白了我一眼：“好好叫人，别整天黄总黄总的，影响多不好。”

我“嗞”了一声，道：“这个……问是不是我爸给剧组拉投资了，影响也没好到哪里去吧？”

陆导琢磨着也是这个道理，就没跟我多计较，拍了拍我的肩：“真心夸你呢，这场戏你是表现得不错。别怪我八卦啊，是不是有心上人了？哪家的姑娘啊？”

我：“没有！”

4.

我换完装飘回了休息室里，一照镜子就惊了。

脸红成这样的人是谁啊？！得喝了有八斤白酒吧？！

化妆师下手也太没轻没重了！

我拿卸妆湿巾在脸上抹了抹，又抹了抹，再抹了抹——

红色仅仅淡去了一些。

5.

我拿出手机，习惯性地打开了微博超话，看着里面近几天细扒出来的料，一条一条看在眼里，全都变了滋味。

我看得一会儿微笑，一会儿咧嘴笑，一会儿傻笑，一会儿又忍不住嘤嘤笑出声。

我笑着笑着，听见门口传来一小段对话。

6.

顾依凉疑惑的声音：“他这是怎么了？”

小陈担忧的声音：“不知道，拍完戏回来就成这样了。”

顾依凉：“哪场戏？”

小陈：“跟安姐对手的那场——顾哥，你说他该不会是入戏太深，对安姐因戏生情了吧？”

还没等我出声反驳呢，顾依凉大步走到了我面前，拎起了我的包：“走吧，到点吃饭了，其他人都已经出发了。”

我应了一声，跟他一起出了门，一边在他身侧走着，一边偷偷打量他。

他眨着眼睛看我，睫毛一颤一颤，好声好气地跟我商量："微醺、微醺，再喝一点点。"

行，他再用这种染着酒意的眼神看我，我就——

赚钱买酒庄送他。

强忍着撒手让他随便喝、尽情喝的冲动，我正想多劝他几句，一个才跟进组的小八线明星就举着杯子过来了。

12.

小八线笑得卧蚕鼓鼓的，举着杯子敬我，又问："言哥，你下一部戏打算接什么啊？"

我想了想，答道："还没计划好呢，怎么了？"

小八线眼睛亮亮的，一派天真："没有没有，就是觉得言哥你运气真是太好了，从出道起就一帆风顺的，我想跟你取取经……"

都是千年的狐狸，在这跟我玩什么聊斋呢，不就是觉得我靠不正当手段上位，才有这么好的运气，来暗讽一下，顺便暗示让我介绍一下嘛。

我哈哈一笑："缘分是天定的，运气是自己的，幸福呢是要靠争取的，我推荐你去南普寺，烧香拜佛可灵了。"

小八线："是吗？哈哈哈！我一定去，那我再敬你一杯吧！"

我把杯子碰了过去，顾依凉突然没什么表情地开了口："坐下来一起吃呗。"

13.

我没搞懂他这是什么操作，眼睁睁地看着小八线大喜过望地坐在他旁边的空位上，还举起杯子，巧笑倩兮道："谢谢前辈！"

同期出道的，我是言哥，他就是前辈了？

顾依凉居然还胆敢点头应下了！

14.

顾依凉举杯的手一顿：“没人告诉过你，跟前辈碰杯的时候杯沿要放低吗？”

小八线一愣：“啊？”

顾依凉：“吃菜。”

小八线“哦”了一声，赶紧把杯子放下，伸筷子去夹菜，又犹豫着不知该夹哪一道。

我看得有点蒙，这还需要犹豫的？

顾依凉：“没人告诉过你，夹菜的时候不要把筷子放在菜上游来游去吗？”

小八线吐了吐舌头，迅速夹了一筷子芹菜到顾依凉碗中，讷讷笑道：“不知道前辈你喜欢吃什么菜……”

我好笑地一挑眉，那真是巧了，他最不爱吃芹菜。

顾依凉：“没人告诉过你，给别人夹菜要用公筷吗？”

小八线僵硬地又吐了吐舌头：“抱歉啊，我没注意。”

他把筷子往饭上一插，伸手去拿转盘上的公筷。

我没眼看了。

15.

顾依凉把他饭上的筷子取下来，“啪”的一声放在桌上：“没人告诉过你，吃饭的时候不能把筷子插在饭上吗？”

小八线：“我……”

顾依凉：“不会吃饭就不要出来吃饭，回家学好了再出来。”

哇！他这个语气，全然一副“不属于你的山就不要去登”的社会感！

我眼睁睁地看着小八线浑身僵直地起身告辞，把视线放回顾依凉身上：“你……”

顾依凉一秒又恢复成了渴酒的状态：“微醺、微醺，再喝一点点。”

我打开手机，让小陈立刻打车去找还没打烊的一点点奶茶。

一定把他伺候好了！

16.

顾依凉咬着奶茶的吸管尖，半虚着眼睛看我。

我小声说：“你刚刚干吗那样为难人家啊？拐弯抹角地骂别人没家教，不怕他回去黑你吗？”

他：“谁？”

我：“那个小八线。”

他：“小八线？”

我：“嗯。”

他：“他比三线多五线？”

我愣了一下。

他：“那是比二线多六线？”

我哭笑不得。

我：“等等不许再喝酒了。”

他：“微醺、微——”

我：“不许！”

17.

要命了。

18.

一屋子人喝到兴起，男的勾肩搭背称兄道弟，女的聚众自拍姐妹情深，我也喝得有点上头，跟顾依凉说了一声，起身去了洗手间，打算洗把脸。

冰凉的水敷在脸上，把稍高的体温降了下去一些，我刚从洗手间走出来，迎面就撞上了一个人。

我赶紧道歉："抱歉抱歉，没看清路。"

那人摆摆手："没事——哎？言言？"

被点了小名，我定睛一看，这不是老黄的商业好伙伴齐叔嘛！

我喝得有点头昏，"齐叔"两个字含在嘴里半天没叫出去。齐叔开朗一笑，拍了拍我的肩膀："不记得人了？你小时候我还抱过你呢……"

19.

顾依凉蓦地压着"抱过你呢"四个字出现在了我身边，跟从地里长出来似的。

我被他拔地而起的动作吓了一跳，看他脸都快拧成一团了，估摸着他是喝酒喝得难受，就拍了拍他的背以示安抚，把他往洗手间推了推，又对齐叔笑笑："怎么会不记得？齐叔嘛，刚刚我喝得有点蒙了，没反应过来，抱歉啊齐叔！"

齐叔问："言言你是在这边拍戏吗？怎么都不联系一下我？我也好照顾一下你啊。"

我没来得及答话，手突然就被顾依凉抓住了。

他不是要去洗手间吗？！

20.

我忍住内心的咆哮，欲盖弥彰地把手往身后一藏，呵呵笑道："您事业那么忙，怎么好意思……"

齐叔和蔼地哈哈一笑，拍了拍我的肩膀："言言长大了，懂事了！我正跟两个老伙计喝酒呢，你也来喝一杯吧，不用坐太久，就喝杯酒见见人，对你以后的事业也有帮助。"

我应了一声，顾依凉莫名其妙疯狂地拽我，我侧头看了他一眼，他面上挂着标准的营业"爱豆"表情，连微笑的弧度都挑不出一点错处。

这人喝了酒的样子也太变化多端了吧？他师从菩提老祖的吗？

齐叔看了一眼顾依凉，笑道："这位是你的朋友吗？一起来吧。"

21.

我跟齐叔房内的长辈打了一圈招呼，顾依凉全程拽着我，我怕他醉成这样会跟没牵绳的哈士奇一样撒手就没了，不敢松手，任他牵着。

在三位长辈锐如鹰隼的注视下，我头皮发麻，哈哈干笑，举杯就敬酒。

结果还没把酒放到嘴边呢，就被顾依凉劈手夺过了杯子，他仰头一饮而尽。

他今天到底是怎么了啊？！

我表情崩裂地看着他拿着杯子立刻又要给自己满上，赶紧拦下他。

我们那桌喝的是红酒，齐叔他们这桌喝的是白酒，我喝点没事，他都已经醉成这样了，再把酒混着喝，我怕他会像陆依萍一样爬到大桥上去找自己的刺。

结果我拦住了他的手，他还不依不饶地要给自己倒酒，嘴里还振振有词："代喝要罚三杯的。"

不是，我也没要你帮我喝啊！

耍酒疯耍到长辈面前了，我饱含歉意地看了齐叔一眼。

齐叔一拍桌子："好！小伙子很好！"

其余两位长辈赞叹连连鼓掌，纷纷夸赞顾依凉懂事。

22.

酒桌文化害死人啊！

23.

我在心里画了三个感叹号的工夫，顾依凉已经迅速跟三位长辈打成了一片，一派共享天伦其乐融融的景象，一杯敬故乡一杯敬远方，一杯敬明天一杯敬过往。

其中一位不知为何还激动得红了眼睛，夸顾依凉有勇气有血性，说自己年轻时没他勇敢，错失良缘追悔莫及。

到底是怎么聊到这里的啊？！怎么他自愿喝三杯酒就有血性了啊？

顾依凉感触良多地点点头，拍了拍那位长辈的手，感慨道：“爱情这杯酒，谁喝都得醉。”

你们到底在聊什么啊？！

齐叔和余下一位长辈一起举杯：“说得好！喝！”

24.

我看着这画风离奇的场面，怀疑其实是我喝醉了。

看他们还在那儿举杯敬自由，我怕顾依凉再喝下去就真的要一杯敬死亡了，便伸手一把把他捞了回来，跟三位长辈道：“抱歉啊各位叔叔，我们明早还有戏要拍呢……”

齐叔道：“没事没事，事业为重，赶紧回去吧啊！这小伙子人不错，是个一线的料子，你给齐叔留个名字，我帮他留心一下资源。”

我“哎哎哎好好好”地应声，又替顾依凉道了谢。

齐叔拍了拍我的肩：“齐叔看得出来，这小伙是真的不错，能遇到就是缘分，跟着他好好干！”

我一脸蒙。

另一位长辈憨态可掬地呵呵一笑：“是啊是啊，不容易啊！”

第三位长辈眼中红丝未褪，连连点头。

25.

我架着顾依凉，两腿发软地离开了这魔幻主义的饭桌。

等走回剧组的包房，大家已经收拾完东西走得差不多了，顾依凉的助理满场子飞跑地找他，小陈搬了张凳子坐在角落悠哉地充电玩手机。

一见我们回来，两个助理立刻飞身过来，小陈一把抓住我的手：“言言你可回来了，我都担心死了，到处找你都找不到，还以为你丢了呢！”

说真的，他演技比我好多了，要不是他手里手机屏幕上《消消乐》还亮着，我就信了。

我道：“我们都喝酒了，没法开车，你……”

小陈打了个酒嗝。

我转头看顾依凉的助理，小姑娘脸一红，纤纤玉指往小陈脸上一戳：“他让我喝的！”

可以，好，行，爱情这杯酒，谁喝都得醉。

26.

酒楼里的代驾都被剧组里其他人叫走了，小姑娘助理又扛不动顾依凉这个大活人，我把口罩给醉眼惺忪的顾依凉戴好，郁闷地让小陈叫了辆专车到了地下车库。

临上车，我把顾依凉往后座一扔，回身拦住了准备上副驾驶座的小陈。

小陈涕泗横流：“言言你不要我了吗？”

我往车库门口站着的小姑娘那儿扬了扬下巴。

他立刻肃然起敬，立正站好："多谢老板，我去了，若是一去不回……"

我捏了捏山根，摆了摆手："便一去不回。"

27.

我刚一坐进后座，车门还没关上呢，顾依凉就凑了上来，掰我的手指玩。

随他了随他了，总比爬桥找刺好多了，看来他还是有几分清醒的，数手指数得可正确了。

我"砰"的一声把车门一关，顾依凉立刻松开了我的手，开始脱外套，又弯腰去脱鞋。

我一把按住他的手："你干吗？"

他疑惑地看着我："啊？不是到家了吗？"

我："师傅麻烦您快开车吧，这场面我怕晚了就控制不住了。"

车子一启动，顾依凉就说要吐，车子一停下，顾依凉就摆手说没事了。

如此反复了五遍，车子开出去了五厘米。

在顾依凉第六次说要吐的时候，师傅侧身对我说："不如我换按时间计费？"

28.

我的命怎么这么苦啊？

我的老父亲曲线拿钱请顾依凉吃饭喝酒！

他喝醉了还得我来负责收尾！

为什么？为什么？我问天问大地又想迷信问问宿命啊！

我一咬牙，跟师傅说："趁现在！起步！点火！他吐了我兜着！

漏了我赔您清理费！”

师傅十分配合地一踩油门，把车子开出了车库。

29.

车子终于平稳地上了路，我怕顾依凉头晕，就把手贴在他额头上，指尖揉着他的太阳穴，心道他要是真敢吐在我身上，我就立刻通过太阳穴，毫不留情地把他点穴点死！

结果他眼睛紧紧闭着，居然还把手举起来叠在我手上。

我又叠了一只手上去。

他把另一只手叠了上来。

我把最底下的手抽出来，叠在最上面。

他也把底下的手抽出来，叠在我手上。

这是玩叠叠手吗？

他都醉成这样了，还是丝毫不肯认输啊！

我就没见过这样的人。

我不甘示弱，把手抽叠、抽叠、抽叠。他也不落下风，把手抽叠、抽叠、抽叠。

手心拍着手背，一阵“啪啪啪”的声响。

所以他这是趁自己醉了，扇我巴掌？

30.

我心累，真的，我发自内心地感觉自己苍老了至少四十岁。

我盼星星盼月亮，终于把车子盼到了目的地。

半拉半扯半拖半拽地把顾依凉弄出了后座，他的脚一碰到地上，就扯下口罩“哇”的一声吐了出来。

可以，他忍着没吐我身上，逃过一死。

我给顾依凉拍着背，又接过司机师傅递来的矿泉水让他漱口。

“喝这么多，伤身体的呀，”师傅叨叨着，一看他的侧脸就惊了，“哎，这不是那谁吗？我闺女可喜欢他了，整天在房间里看着他的微博傻乐，叫她出来吃饭都要三请四请的，他跟那个谁来着……”

师傅看着我，眼睛一眯。

我有种不祥的预感。

31.

师傅一个利落地转身，从后备厢抽出了几张印着彩图的纸。

师傅：“这是我闺女落车里的，我给收着了。咳，您看哈，我跟我闺女关系也不太亲密，不如……”

我扫了一眼他手中的海报，立刻根据大体的配色认出了是哪一张图，还没来得及说话呢，顾依凉晃晃悠悠地站起了身，往我身上一靠，低头看了一眼师傅手里的海报，眼睛一亮：“是鸽派！”

我真是完全听不明白他在胡言乱语些什么，就看到他接过师傅递来的原子笔，唰唰唰地把名字签了上去。

我低头看了他签的名字一眼，陷入了窒息的沉默之中。

师傅把海报拿回去看了一眼，又看看我：“这……好像是您的名字吧？”

32.

我极力忍住了冲上马路绕着浦南大道跑圈的冲动，用淡定中夹杂着几丝颤抖的话音说道：“他喝醉签错了，那他的名字我来签吧，您闺女应该不会介意的。”

何止是不会介意，大概率今晚我就会在超话中跟这张海报惊喜重逢了。

师傅点点头："成，反正她应该也认不出来。"

您真是太不了解您女儿了。

我一只手扶着顾依凉，一只手把海报签了，又道："这个，我们今晚是剧组聚餐……"

师傅摆摆手："知道的知道的，这片明星多，我也载过几个，不会乱说话的。"他扬扬手里的海报，"还得谢谢您呢，就当日行一善了哈。"

我点点头，跟他挥手作别，把顾依凉拖进了酒店。

33.

从酒店大堂到电梯，再从电梯到顾依凉的房间，一百米不到的距离，我像是走完了万里长征。

首先我得拿口罩遮住他的整张脸，躲避随时可能出现在角落的狗仔或"私生饭"。

其次我得半扛着他整个人，避免他站立不稳摔到地上落地生根。

最后我还得伸手死死拽着他的衣服和裤子，因为他一看到电梯门打开关上，就立刻手速飞快地要脱衣服解裤带……

这手速，真不愧是《DOTA》能打到5000分以上的高端玩家。

34.

终于把顾依凉好手好脚地挪到了房间门口，我刚长出一口浊气，就看到他拍了拍口袋，迷茫地转头看着我："我房卡呢？"

我一口浊气又吸回去了。

我怎么知道你的房卡在哪里啊？！

看他一边拍着自己的头，一边摇摇欲坠的样子，我赶紧让他面对墙壁，双手扶墙站好，拍打着他的衣服裤子口袋帮他搜找房卡。

35.

身后走廊对门的房间门突然开了，又“砰”的一声关上，片刻后又打开了。

男主角探头出来，打量了我们几秒，松了口气：“是你们啊，还以为扫黄的来了呢。”

我是不是知道了什么不得了的事情？

我：“主哥你帮我联系一下酒店前台吧，顾哥喝醉了找不到房卡……”

男主角：“喝成这样就别让他自己睡了吧，别半夜吐一床没人收拾，你也没喝多，就照顾照顾他呗。”

36.

我不是没喝多啊，我喝得不比你们少好吗？

虽然我的酒量被老黄操练得还不错，但我走路也是绕着弧线走的，只是因为顾依凉都醉成这样了我才不敢醉。

万一他出了什么事怎么办，那我不就完了吗？！

而且他现在处在一言不合就脱衣服的状态，那影响多不好啊！

一个喝醉的我要怎么拯救一个喝醉的他？我怕我自己一个忍不住就稀里糊涂地跟他拼了刺刀啊！

37.

等以上弹幕从脑中刷完，顾依凉已经在我房间的浴室里刷完牙准备洗澡了。

我一个激灵，敲了敲浴室的门，道：“我就在外面，有什么事就叫我哈！”

里面的人“嗯”了一声。

第十八章

不知道怎么夸人就收声

1. 依凉手机备忘录—节选 1

装醉装过头了，被对家带到他房间了。

红酒白酒混着喝确实容易上头，我的确是吐了，但依识（意识）还在。

怎么打字总是大（打）不上去？

打错了好多字，我可能真的有一点点醉。

那就是醉。

2.

浴室里突然传来“砰”的一声和一声低低的痛呼声。

他别是滑倒了吧？！

我赶紧甩开手机直接开门进去了：“顾……”

顾依凉站在打开的花洒边，裤腿上一片水渍。

他眼睛微红愣愣地看我，手里还拿着手机。

他这是干吗？

要跟手机穿着裤子洗鸳鸯浴？

我下意识地看了他手里的手机一眼，他立刻想也不想地把手机往身后藏。

他身后就是打开的花洒，我眼睁睁地看着他的手机直接被水冲得黑了屏。

喝酒有害智商！

3.

我问：“是不是磕到哪里了？”

他沉默了一会儿，委屈地答："长得太高，撞到花洒了。"

怪我！怪我没你高！怪我把花洒放低了！

我一阵头昏，不知道是醉得还是被他气得。

看看这人，穿着裤子跟手机一起洗澡，头都能撞到花洒，还把手机冲报废了……

就他现在这状态，怕是连我是谁都不知道了吧。

4.

我想起他在酒桌上的反常表现，就问："你又不能喝，怎么还喝那么多啊？"

"因为……"他顿了一下，"你不喝我不喝，中国好酒往哪搁？"

我："你不醉我不醉，马路牙子谁来睡？"

他："性情中人，真好。"

我："好好好。"

他："日饮夜饮前程似锦？"

我："日醉夜醉长命百岁？"

他："回答正确，真棒。"

我："好好好。"

他："感情深一口闷……"

我："你够了啊！

"回去睡觉！"

5.

宿醉的结果就是第二天头痛。

我坐在沙发上等顾依凉，在心底估算了一下去剧组报道的时间，还在心里疯狂盘算着要怎么把老黄企图塞给我的资源移花接木到顾依凉头上，就听见顾依凉轻声问：“你有没有想过，如果不做演员的话，你要做什么？”

说时迟那时快，千万黑料楼从我脑中呼啸而过。

我犹豫了一下：“学者、顾……科学家。”

他笑出了声，道：“你真应该去说相……”

大概是我从眼中发射的死光吓到了他，他把那个“声”字生生咽了下去：“呃，我是说，当一名……吟游诗人？”

6.

目光从他身上离开，我飘去拿小陈给我洗好备好的衣服。

“生气了？我开玩笑的。”顾依凉忍着笑跟过来，“谁叫你不好好回答我的问题。”

我是认真回答的啊！

看不起学者吗？！

我面色不善地把他往门外推：“赶紧回你房间换衣服，等会儿赶不上开工了。”

7.

等他穿戴整齐，我们俩一踏进片场，就扑面而来一股头痛欲裂的宿醉感，只有我们二人精神倍儿棒，站在一片升腾的死气中面面相觑。

小陈顶着一张宿醉后的肿脸，飘也似地晃过来，把早餐往我手里一塞：“昨晚散了之后，陆导他们又续了一摊，都喝多了，沿着浦北大道一路狂奔到浦南，还跑丢了几个，现在还在找呢，今天休息一天。”

这《澜诀》看样子是真的拍不下去了。

8.

顾依凉转头问我：“正好我要去修手机，一起吗？”

我立刻动作熟练地掏出手机解锁屏幕打开支付宝：“买个新的呗。”

他笑着摇摇头：“里面的东西没备份呢，买新的也得把旧的修好，不如修好了接着用。”

什么东西啊这么宝贝，总不能是什么珍贵的少女心随记吧？

当然我没好意思说出来。

9.

顾依凉说：“你在休息室等等我，我去准备一下明天拍戏的东西，准备完了就来找你。”

我“哦”了一声，继续用放射性的眼神目送他离去。

我往休息室里的沙发上一躺，百无聊赖地把手机拿了出来，打完一局《王者荣耀》，才蓦地发现我居然一直到现在都没想起来要刷微博。

10.

我心情复杂地拿着手机，看着曾经熟悉的一切又一次变了滋味。

浏览着“娘子军”的超话页面，像是在毕业之后回到母校探望；“洗脑包”都是难得再翻开一次的旧教材。

看着群里叽叽喳喳的“娘子军”们，我仿佛见到了青春稚嫩的学弟学妹，威廉廉威就像是曾经的旧同窗——

噝，这种莫名的暗爽感是怎么回事！

11.

不出意外地我在超话里刷到了那张我和顾依凉签的海报，配图里除了海报本体、一通分析、时间线新解、呐喊高呼，还有一篇《父亲与我》的八百字小作文。

日行一善还真是攒人品啊，比转发锦鲤都管用。

世界上唯有咳嗽和想炫耀的心是无法掩饰的，我看着那张海报，陷入了沉思之中，片刻后在心里笑了起来。

12.

@卫言梓 William：分享单曲《微凉的你》（@网易云音乐）

拥抱一阵微凉的风，心的空隙任你来去。

13.

我捧着手机，盯着自己的微博页面傻乐。

休息室的门被轻轻敲了三下，顾依凉探了个头进来，对我弯眼一笑。

我冲到门前，语调里自带波浪符："怎么这么久啊？"

"东西有点多……"他摸了摸鼻尖，"我让助理订了两张电影票，一起去看吗？"

14.

设：顾依凉带着一点点忐忑、一点点不好意思和一点点期待地邀你去看电影。

问：你会怎么做？

答：当然要去啦！

我拎起一个巨大的黑色口罩戴上，找了一件高领的外套穿上，再翻出一条宽大的围巾围上……

为什么休息室里没有防毒面罩或者脸基尼呢？！在我一边盘旋一边犹豫要不要干脆找条丝袜套头上算了的时候，顾依凉好笑地一巴掌把我击落下来，扣了顶鸭舌帽在我头上：“是去看电影，不是去抢银行，戴个帽子意思意思一下就行了。”

我：“可是……”

他：“你穿成这样，出门不是被警察抓进警局，就是被热心群众送进警局。”

他动手剥掉了我身上的围巾和外套，我沉吟片刻，眼睛扫到了那个从小陈手中幸存下来的化妆包。

15.

顾依凉老实地坐在椅子上，任我在他脸上描描画画，好奇地问：“你还会化妆？”

“基础点的还是会的。”我把他的眉毛描粗画低了一点，又改了改他的眼型，“遮遮瑕，盖盖黑眼圈，修个眉毛之类的，见人的时候看起来会有精神一点。”

他：“我都看不出来你平时化了妆。

“感觉跟素颜没有什么区别啊。

“不化也好看。

“你怎样都好看。”

我：“行了行了，不知道怎么夸人就收声……”

他：“好……收声。”

16.

化完妆，我退后两步打量了他一下，对成果十分满意——就这个眉眼，戴个口罩，再把头发梳成大人模样，饶是“贵妃”们亲临也认不出他来。

顾依凉接过我手中的化妆包：“那我帮你化妆。”

我疑惑道：“你会？”

他自信道：“刚刚看你化妆的样子，感觉也没多难。”

17.

我背对着镜子坐着，看着垂眼给我描眉的顾依凉。

小陈欲言又止地看着我们。

顾依凉化着化着，可惜地轻轻叹了一声：“手机坏了，不然就能发微博了。”

我心里啧啧几声，嘻嘻几声，又一思忖，这种互动还是蛮良性的，在可发范围内！我便把手机调到了微博登录页面递给他：“登你的号吧。”

他接过手机，三两下把号登了，又把手机递给小陈：“麻烦帮我们拍张照。”

小陈欲言又止地接过了手机，拍了照。

18.

顾依凉拿回手机后，我瞥见顾依凉停下了打字的动作，点了一下手机的右上角，我才蓦地反应过来——

超级星饭团还在啊！

虽然他之前把我当成他的粉丝，但被本人直观地看见超级星饭团的提示也太羞耻了吧！

我在手机振动、跳出消息提示横幅的同时一把将手机夺了回来。

顾依凉一愣，视线追到我的手机屏幕上，然后轻轻笑了一声：“继续吧。”

看来是糊弄过去了，我松了一口气，由他在我脸上化着妆。

小陈欲言又止地看着我。

19.

我："小陈你要说什么赶紧说……"

小陈："你回头照照镜子，赶紧的，快快快，你再不照就来不及了！！"

我照了镜子。

我看着镜子里的自己，卸掉了两块波力海苔一样的眉毛，又把自己化丑了一些，面无表情地戴好帽子和口罩 ，跟顾依凉一起出了门。

顾依凉坐上车："对不起嘛，想法是好的，实力没跟上。"

我心情沉重："那么丑的样子都被……"

顾依凉："挺好看。"

20.

车子一路飞驰，气氛不错，徒有无言凉风也足够使人心神荡漾。

那……再来点 BGM 助兴岂不妙哉？

我主动打开了他的欧美浪漫经典劲歌金曲 TOP50。

顾依凉开着车，看了一眼跟着曲子摇摇摆摆的我，呼了一口气，笑道："还以为你不喜欢这些歌呢，上次载你的时候看你好像听得很难受的样子。"

21.

上次？

那是因为我害怕啊！

不要问我为什么害怕，因为我不会说的，我说："没有啊，都挺好听的。”

他：“那就好。”

22.

顾依凉把车停在了一家较为偏僻的手机店外。

他让我坐在车里不要走动，自己进了店里。

他去得有些久，我等得很无聊，打开手机就看到了两条未读的星饭团消息。

想也知道他会@我，还没看到他微博发了什么内容呢，我点了进去。

23.

@顾依凉 Liam：微微的你［微风］［微风］［大笑］［大笑］@卫言梓 William。

配图是他在休息室里低头给我化妆的样子，照片构图完美和色调和谐，我顶着两片波力海苔，海的味道我知道。

好丑！

一口老血梗在心头，简直不忍直视！

偏偏顾依凉滑动着手里的手机远远走过来，打开车门坐上了车。

他转头问我：“等……你怎么了？”

我捂着心口疯狂地指车窗。

他赶紧把车窗摇了下来。

我大大地喘了几口气，装作缓过了劲来，哭诉道：“你想闷死我！”

他举起双手：“我没有，我不是，你别瞎说啊。”

瞧瞧这令人窒息的否认三连。

24.

我默默地锁掉了手机，看着车子倒进了停车位。

顾依凉把车钥匙递给了我，又给我发了取票的二维码："这个点来看电影的人还挺多，我先上去，在影厅里等你。"

公众人物加上公众场合，的确是麻烦了点。我点点头，看他下了车进了直通影院的电梯。

25.

我站在取票机前取完票，还以为顾依凉会坐在座位上等着我，结果刚踏进影厅就被他截获了。

影厅里的灯光已经暗了，正放着正片之前的广告宣传片。

心里的小手搓得像是在钻木取火，我乐呵呵地小声问他："怎么不坐着等我啊？"

他答："在外面不能找你，人多。"

心里的小手已经把火苗搓出来了，我傻兮兮地笑着问他："这么黑，你怎么认出我的啊？"

他答："在你进来之前我认错了四五个人，之后就注意了一点。"

我："好吧……

"你这股持之以恒的毅力还蛮值得学习的。"

他哈哈一笑："过誉过誉。"

我呵呵一笑："客气客气。"

26.

心里的火苗要熄不熄地只剩一缕青烟，我无言地跟顾依凉一起找到座位坐下，电影也正式开了场。

来的时候一直没注意，等画面出来，我才发现这是他主演的电影。

银幕上的他穿着一身飒爽的军装出了场，身边的他似乎有些不好意思地转头对我一笑。

这究竟是什么3D三维立体多重视听盛宴啊！

啊！我身侧坐着一位画中仙啊！

我心里震撼难言，接受着从正前方和正侧方传来的美学冲击和洗礼。

27.

我看着画面上女主角巧笑倩兮，凑到军官耳边低语。

军官一脸正色，身旁顾依凉的耳朵倒是红了。

我无声暗笑，看着女主角与军官调情，手指轻轻拨弄着他的耳垂，指尖滑过他的耳后，一路沿着他的颈侧往下轻划。

军官一把掐住了女主角的脖子，女主角不慌不乱。

啊！这也太刺激了吧！

28.

我盯着幕布上的顾依凉，紧张得一边看电影一边抓了一把爆米花。

电影精彩，我吃得津津有味，还不忘抓了一把给身边的顾依凉："吃！"

我看着画面上军官蓦地气场全开，反摁住了女主角，然后拉灯转了场。

屏幕黑了一瞬。

29.

顾依凉突然疑惑地转头看我："你买爆米花了？"

我拿爆米花的手顿了一下。

30.

坐我隔壁的大兄弟："小老弟啊，你看我这还有一杯可乐，冰的，要不然都给你呗？"

寂静，死一般的寂静，只有周身的尴尬沸反盈天。

影片中传来一声枪响。

我目露绝望之色，多希望画面上那个被顾依凉一枪崩掉的小兵是此刻的我。

我尴尬得连后槽牙都快被咬脱落了，连声道歉佐以金钱补偿，不住地安抚着大兄弟的情绪，直到大兄弟释然地摆了摆手，我才重新坐正了身体。

还来得及！电影还有大半场，还能把气氛救回来，我的算盘……

31.

大兄弟突然把脸转了回来，歪着头道："哎，你长得好像那个谁啊，代言手表的那个，卫言……"

大兄弟的头更歪了一些，看了看我身侧的顾依凉，表情凝滞，又慢慢把视线往大屏幕上挪："咦……"

我把算盘一摔，拉着顾依凉夺路而逃。

32.

顾依凉坐进驾驶座，好笑地让我压压惊。

我悲愤地缩在副驾驶上，目光警惕地打量着车窗外稀稀拉拉的路人。

他忍笑忍得发抖，咳了一声。

我刚才拿爆米花的那只手颤抖地伸到他面前："你拿走吧，这手我不要了。”

他笑道：“别在意了，还有半天时间呢，想去哪里玩？”

“还玩什么啊……”哀莫大于心死，我一脸丧气，“开车回剧组吧，走之前我看到那大兄弟低头发微博了，‘私生饭’估计还有十秒就到达战场了。”

他顿了一下，把车子开出了地下车库。

33.

车子开得很稳，我的心情却很颠簸。我沮丧地拿手机联系曼姐，让她时刻准备着公关。

顾依凉打着方向盘，不知在想着什么，蓦地咳了一声，压低声音问我：“刚刚的事，你有没有受到一点启发？”

我奇怪地看他一眼，还带事后反省的啊？

我都已经被伤害得千疮百孔了，他怎么还要在我伤口上狂妄地洒盐呢？

总归是我的不对，我语气沉痛：“有！看电影时一定要自备爆米花。”

34.

曼姐的消息很快回了过来，说大兄弟的微博找到了，什么问题都没有，甚至没提到我们的名字。

我舒了一口气，点开了她发来的微博截图。

@掌声送给社会人：狗年注定行大运，看场电影遇明星，缘分来了就是你，情与义啊值千金！小弟在这里给大家拜个晚年，祝大家狗年大吉，吃嘛嘛香！

配图是一个空的爆米花桶。

35.

我没忍住，啪啪鼓掌，要不是被安全带和车厢的高度限制住了，我能站起来送掌声。

顾依凉莫名其妙地看了我一眼：“怎么了，事情处理好了？”

我：“大哥没把我们曝光。”

他：“那也用不着鼓掌吧。”

我：“大哥发微博的段位实在是太高了，我情不自禁。”

第十九章

失信于人，何以取天下

1.

我有一件很遗憾的事，并且耿耿于怀。

那就是我和顾依凉在其他方面都默契十足，遇事也会互相体谅，却总是在资源上杠住。

不是说争夺资源啊，而是谦让资源。

我给他资源，他不要，怎么说都不听。他给我资源，我不要，怎么说都不依。孔融让梨都没我们这么能让的，就差没让个头破血流鱼死网破，最后还要相互冷静一下，切磋切磋，一来二去简直烦不胜烦。

我就搞不懂了，我就想给他个资源，怎么把自己弄得这么心累呢！

最后我学乖了，直接让齐叔的人去联系公司，神不知鬼不觉地把较为重要的影视资源给他，自己开开心心地从他那里拿一些不太重要的时尚资源，再把能共享的资源跟他讨论讨论，我们俩一起上了算了。

2.

于是，我出席活动会给他要位置了，他连抽空录个电台节目都要拉上我当嘉宾，直接导致我们俩的同步出镜率直线飙升。

3.

然而我们俩频繁出镜，超话里却安静如鸡，特别是前阵子拍的《澜诀》宣传一登出来，她们居然就纷纷摆手嫌看不上眼，只简单地爆出了私服的话题。

这也太没劲了吧！

4.

我放下手机，转头问小陈："今天风向如何？"

小陈咔吱咔吱地嚼着粟米条，看了一眼面前平摊着的三部手机，给我比了个“OK”的手势。

我点点头，吾心甚慰。

我是不知道小陈是怎么在短短数日内以一己之力打进后援会高层带动三方节奏的，总之现在，在“贵妃”们眼里，我是被他们家哥哥倾力提携并且知恩图报的同期小学弟，在“美言”们眼里，顾依凉是对我情真意切重情重义的可靠大哥哥，“双担”们喜极而泣迎新春。

在这种娱乐大环境下，我们俩是友谊的见证，情与义值千金。难得、难得。

5.

要说我是怎么发现小陈的这份天赋的——

那天我跟顾依凉看完电影回到剧组，脚还没沾到地，小陈就拿着手机过来找我了，说是小八线出来作妖了。小八线眼中含泪地找媒体大爆特爆，说顾依凉耍大牌欺负后辈，倾诉小新人的不易，还暗指我被圈外大佬包养。

要不怎么说庙小妖风大呢，“咖位”越低越能生事。

也不是什么大事，我捏了捏山根，刚拿起手机准备联系曼姐，小陈就摆手说这种小事别麻烦曼姐了，找官方回应搞得跟很重视这件事似的，他就能搞定。

我将信将疑地把事情交给了他后就被顾依凉拉去吃饭了，等吃完饭散完步回来的时候，一切都已尘埃落定。

6.

我问小陈是怎么做到的。

他说他整理出了一整栋从小八线出道至今的所有黑料楼，又联系到了助理圈内的好友，把小八线拿资源的时间和他出行的时间一对比，又是一栋爆料高楼，再携实锤资料联系了粉丝的后援高层，一通反洗，还联系了一些也被小八线拉踩黑过的艺人粉，带着节奏直接闹到了《澜诀》剧组那里，要求他们弃用污蔑同组演员的污点艺人，正巧组里还忙着在浦西找跑丢了的人呢，反正他那个角色也不太重要，换谁演都行，剧组大手一挥就给批了。

快、准、狠，迅雷不及掩耳。

我终于知道小陈之前为什么老爱给我看黑料楼了，知己知彼百战不殆，重在积累啊！

7.

小陈——鬼才、节奏大师、王中王，是个狼人，惹不得。

8.

汇报完了工作，小陈问我："对了，你什么时候圈粉还圈上社会人儿了？"

我："什么？"

小陈："微博 ID 叫'掌声送给社会人'，看微博相册是一个大哥，一张小嘴可能说了，叭叭地，大杀四方，差点把帮小八线说话踩你的黑粉骂回娘胎再造成人。"

我疑惑。

小陈："好吧，不瞒你说，我实在是好奇，就私信他了。

"他说你吃个爆米花都能吃错了，转账赔钱还多给他打了两个零，拉着人跑路还把他的脚踩了，根本不可能像那些黑子说的那样有心机，他路见不平。

“他说那些黑子是在侮辱他的智商。

“他还让我给你捎句话。”

我：“你说……”

小陈：“他说电影院里头都有红外线夜视监控摄像……”

我：“不要再说了。够了，Enough（足够了），Basta（够了），打住。”

9.

整个傍晚，我都与顾依凉保持着半米距离，说话都用喊的。

10.

我的戏不如顾依凉的重，虽然也需要全程跟组，休息时间却比他多很多。

顾依凉下了戏，一身休闲地跑进我的休息室看我打《王者荣耀》，指挥我放技能。

一局结束，我伸了个懒腰，问他：“要不要一起打一把？”

他似乎有些犹豫，最后还是点了头。

我在心里“嘿嘿”一笑，今时不同往昔，哪还能吓着他？一定给他伺候好了！

11.

我：“哎，你过来一下，这个buff（技能效果）给你。”

他：“我是辅助……”

我：“亏啥不能亏了孩子，脚下挂个红标记多好看呀，给你给你。”

他：“谢谢……”

我：“哎，这个人头给你，话不多说，快快收下。”

他：“我是辅助……”

我：“亏啥不能亏了孩子，多拿点钱买装备，穿暖和一点。”

他：“我已经六神装了……”

我：“那就卖了全买鞋，六鞋在手，说走就走。放心，哥哥我一定把你给保护好喽！”

他：“你不是‘佛系’玩家吗？”

我柔柔一笑：“是啊，放下屠刀，立地成佛。”

12.

队友怒开语音：“下路两个在野区里干什么呢？！赶紧滚过来推高地了！”

顾依凉看了我一眼，一脸“妖怪还不快速速现形”，我回以一个微笑，低头开始打字。

不可言说：“对不起嘛，没看见你们的位置。”

队友1：“没事、没事，稳赢局，打完加个微信呗？”

队友2：“你别理他，他就是性子急，哥哥替他给你道个歉，打完这把加个微信呗？”

13.

我的手机被顾依凉抢走了。

我不满道：“干吗呀？都快赢了，会被举报的。”

他把手机一锁，扔了一本册子给我：“明晚综艺的台本看了吗？整天就想着玩游戏，以后不准玩了。”

我翘着嘴角，哗啦啦地翻着台本，浏览了个大概。

14.

整个节目明显就是冲着明星做互动去的，默契考验、肢体互动挑战、才艺教学比拼、真心话大冒险之类的游戏互动。

说实话，我有些后悔帮他搞到这个资源了。

上了这个节目，短期内小爆一阵是没问题，但按现有的资源安排来看，这于他步入一线有碍啊。

15.

大概是我的表情藏不住心思，顾依凉拍拍我的头："怎么了？"

我丧气地说："要不，这节目……我不上了吧，还是换成那个新晋小花？"

他一愣，把我的脸抬了起来："为什么？"

我支支吾吾地把想法跟他一描述，他就笑了："都说苟富贵勿相忘，这还没富贵呢，你就想着相忘了啊？"

"还不是为了你的富贵考虑嘛，"我闷闷地揉着脸，"富贵多重要啊，没有了富贵……"

他："你叫卫富贵？"

我："你还叫顾铁柱呢！"

我："哦……你哄我呢？是吧！对不起，是我，我是卫富贵。

小陈："行了！你们都是富贵！我是苟（狗），我想汪！"

16.

灯光、舞美、机位、布景，前期一切准备就绪，提前入场的现场观众们也被工作人员安排好了。

舞台前方正进行着热场的表演，我跟顾依凉站在巨大的道具挡板后面等着出场，手舞足蹈地打着手语，讨论录完节目之后夜宵吃什么。

现在是晚上九点了，这档直播类综艺的原定时长只有一个半小时，就算直播中途导播或是主持人脱稿即兴发挥一下，延长了节目时间，最迟应该也能在十一点收工。

收拾完了东西就算它十二点吧，也能去找家小店喝个砂锅粥什么的。

17.

不是我心理素质过硬上节目一点都不紧张，主要是一起上节目的其中一对话题人物里，有个“咖位”较重的男明星，大大咧咧地迟到不说，还态度敷衍地匆匆参与了一遍彩排。

节目着重炒的是他，没准备充分的是他，那万一出了什么直播事故，也只能是他了嘛。

况且台本已经对过，流程我记得，都是些小游戏，也都提前彩排过了。

我安心得很，在心里翘着小手指优雅地品茶，与顾依凉同步挂上了营业笑脸，好整以暇地看着挡板慢慢滑开。

18.

组队人员配置是这样的——

一对银幕大男主大女主，宠溺小言。

一对综艺感健气小狼狗，青春校园。

还有我和顾依凉。

19.

一共三对，六个人一字排开，跟两个主持人嘻嘻哈哈地对着镜头套了几句词，自我介绍一番，商业互吹一番，又各自宣传了一番正拍着的或是刚杀青的新戏，然后按照台本的指示被分为了三队，到道具台上坐下，听主持人给观众介绍游戏规则了。

20.

整个节目的大体流程是按着语言类互动、肢体类互动、语言类互动的节奏来的，先要铺平垫稳，主持人正介绍的小游戏是最基础老套的猜歌词，让其中一人看着词卡含糊地说一段话，队友根据描述猜出词卡上的歌词。

21.

So easy（很简单）！

稳，稳得很，一切都在掌握之中。

我安心地饮下心中的热茶。

22.

男：“走路抬头数星星？”

女：“啊，我知道！《星晴》对不对？手牵手一步两步……”

男：“对啦！”

男 1：“时间跨度很长的，呃，关系变了，呃——”

男 2：“什么啊？！”

男 1：“《十年》啦！十年之前那句！”

顾依凉：“两件你绝对不会对我做的事。”

我：“提示一点？”

顾依凉：“再喝一点点。”

我：“你把我灌醉，你让我流泪？”

顾依凉："对。"

男："走着，呃……吹风，晒太阳……"

女："温……《温柔》？走在风中今天阳光突然好温柔？"

男："对对，真聪明……"

男 1："感情！风！呼呼刮！呼呼走！"

男 2："什么啊？！"

男 1："爱像一阵风吹完它就走啊？！"

顾依凉："不存在的东西，我不想看到的东西。"

我："北极星的眼泪，你哭红的双眼？"

顾依凉："对。"

23.

我晃神在心里倒了一杯茶的时间，主持人已经把下一个环节的介绍词说完了。

大体就是节目方准备了几个小戏段，让我们抽签来现场演绎，顺便卖一拨演技。

据我所知，准备好的戏段都是些什么豪门恩怨狗血文、霸道总裁傻白甜都市文、正邪两道相爱相杀古风文、热血青春青涩校园文之类的。

这我是不慌的，反正不管抽到哪一个，我的演技都是稳扎稳打不动如山的差，绝对能把大男主大女主衬托好了！

主持人："来来来准备抽戏卡了！考验演技的时候到了哦！言言呀，是时候在观众面前证明一下自己了！"

我弯眼搭了几句笑话，兴奋地搓了搓手。

24.

要不说我能托生到老黄家呢，我这手气可是被开过光似的好，基本上只要是我想抽中的东西，就从来没有失手的。

我暗戳戳地算计着是该抽豪门阔太版的顾依凉呢，傻白甜的顾依凉呢，还是……

我转头问顾依凉："你想演哪……"

我话音未落，他抬手就把戏卡抽了。

说好的默契呢？

25.

主持人："好！来我看看啊……大男哥这一组是正邪之争，小狼弟他们是豪门恩怨，小顾和言言呢……"

主持人："哇！这就很有意思了，你们知不知道 CP 是什么意思？"

我有种不祥的预感。

我和顾依凉齐齐摇头，并摆出一脸勤学好问的诚恳表情，异口同声地棒读道："不知道呢，是什么呀？"

主持人转向观众，向他们解释了一番 CP 的概念，又把头转了回来。

主持人："在网络上呢，有这样的一个群体……"

不祥的预感越来越强烈了怎么办。

主持人："他们为了炒 CP，创作出了不少文学作品……"

不祥的预感已经成真了。

主持人："哈哈！没错，你们这组抽到的，就是'同人文'啦！"

26.

导播！导播在吗？我现在罢录还来得及吗？！

27.

像是上天听见了我心中的呐喊，主持人抬手拨了拨头发，不露痕迹地按了按耳麦。

我满脸希冀地看着主持人。

主持人对我莞尔，转向大家道：“光按照戏本演呢，感觉欠了些意思，所以节目组特别追加了一个设定，要求你们在对戏的过程中自由发挥，对对方讲出一句‘有梗’的土味话……”

这到底哪里有意思了啊？！

28.

背景音乐悠扬凄恻，大男主眼中含恨，恨意如刀的目光中却又夹杂着一丝微妙的动摇，话音低沉带伤：“你，当真要杀我？”

大女主表情邪肆，却素手微颤，牙关紧咬，一柄泛着寒光的长剑架在男人的脖子上，剑身抖了又抖：“当真！”

大男主银牙一磨，连道三声好：“那，你动手吧！”

大女主长剑一游，剑气如同鸿影一闪，大男主重重落地，气若游丝：“终……终是错付了……事已至此，我还是想对你说……墙壁、眼睛……膝盖……”

大女主一愣，长剑砰然落地，飞身扑到大男主身上：“你为什么不早说？！为什么？！wall eye knee（‘我爱你’的谐音）！是wall eye knee啊！”

29.

背景音乐气势磅礴，大狼狗垂眼坐在沙发椅上，不慌不忙地整理着袖口：“弟弟，你……知道我叫你来做什么吗？”

小狼狗指节攥得略微发白，一脸天真不解地歪头看着他。

大狼狗扯扯领带，哼笑一声，沉稳道："不用装了，你背地里做的那些小动作，我早就知道了。"

小狼狗仍不解地看着他，不露痕迹地将手放进了裤袋中："哥哥你在说些什么呀，怎么我都听不懂？"

大狼狗蓦地站起身，一把拽住了小狼狗的领口："那块地！你为什么要拿下那块地？！"

小狼狗的眼神终于慌乱了起来："什、什么地……？"

大狼狗松开了他，微微一笑："死心塌地。"

30.

导播！导播在吗？

我现在罢录还来的及吗？！

31.

终于轮到了我们。

印着同人文的薄纸被发到了我和顾依凉手中，简直是重、若、千、金、呐！

我捏着那张纸，像是捏着我和顾依凉薄如蝉翼的未来，经不起谁来拆啊！

主持人："不用担心的哈，节目组选用素材的时候已经征得原作者的同意……"

哦，所以你们还挺有版权意识的，给你们拍个小手以资鼓励？我眼睛往纸上一瞟——

威廉廉威怎么又是你啊？！

32.

我看着这篇远古旧文，心潮疯狂起伏。

顾依凉细细把文读完了，闷闷笑了一声，拍拍我的肩："那我们开始？"

"哦……哦。"我愣愣地把纸还给了主持人。

顾依凉奇怪地看我一眼："你都没细读啊，记得住情节吗？"

那是因为这篇我早就看过了啊！那时因为文荒还多读了几遍！！

"我记忆力好嘛，"我哈哈一笑，"开始吧开始吧。"

33.

背景音乐开始，顾依凉扶着撞进他胸前的我，他低头与我对视，眼里一片温情水浪，说："没摔到吧？"

不是演戏吗？干吗这么认真啊？！

我仰头看着他，愣怔地点头，又反应了过来，飞快地摇了摇头。

他低低一笑："怎么这么不小心啊……"

我讷讷道："对、对不起……有没有撞到哪里？"

他带着笑意，小声道："如果我说……撞到我心里了，会不会有点唐突？"

威廉廉威你写的都是些什么台词啊？我还以为这是土味情话梗环节呢！

我倏然睁大眼睛，似是不敢相信地看着他："你……我、我……"

他仍扶着我，看着我的眼睛，像是从中读出了确切的信息，嘴角一扬，收紧了手臂："你，也是这么想的对不对？我和你……"

我迟疑了一下："心连心，同住地球村？"

这究竟是什么台词啊？！

太土味了！

34.

主持人伸手作扩音喇叭状：“土味！土味！为什么我没有感受到土味？！”

因为你感官失灵了！

这土味都快溢出屏幕了好吗！

35.

大冒险环节，顾依凉被查了微信联系人页面，众目睽睽之下，他给我备注的名字是“你的小宝贝卫言梓”，在一排正经人名中显得无比扎眼。

主持人立刻鬼吼鬼叫地说“不得了不得了，出事了出事了”。

说实话连我都愣了，我怎么不知道他给我备注的是这个名字呢？

顾依凉哈哈摆手，笑着说他是在cos星饭团，又直面镜头，三言两语强势地给星饭团做了一拨植入与推广。

我更愣了，所以那天……我关注了他的星饭团，还被他看到了？还被他借了梗？

这人会玩的花样也太多了吧？！

36.

大狼狗拱拱手：“你们俩太卖力了。”

小狼狗点点头：“真的。”

大狼狗手臂一挥：“输了，这我们赢不了，赢不了。”

小狼狗双手抱拳：“甘拜下风。”

大狼狗搭上了顾依凉的肩：“顾哥我跟你打个商量，不如这把我们俩换换吧，你把言言给我，这笨狼给你，不然我实在是带不动啊。”

小狼狗嘴角一撇眼睛一瞪，一只手捂心口，一只手手指颤颤地指着他：“你你你……”

顾依凉笑着把我往他身后一藏：“那可不行。”

我面上翻了他一个白眼，接过主持人递过来的吉他，往他手里一塞：“行了行了，不要浪费时间，赶紧学起来！”

37.

限时十五分钟，大女主要教肢体不协调的大男主跳民族舞，小狼狗要教五音不全的大狼狗唱歌，我要教不通乐理的顾依凉弹吉他。

还真是很难说出哪组的项目难度更高。

38.

我：“有你这样抱吉他的吗？你这抱的是琵琶！”

顾依凉换了一个姿势。

我：“你这是反弹琵琶——不是，你是准备要飞天了还是干吗呀？”

顾依凉换了一个姿势。

我：“拿反了，左手按和弦！”

顾依凉没动。

我凑过去在他怀里鼓捣了一下，让他把吉他拿正了，又拉起他的手放在弦上：“没弹过吉他还没见过别人弹……”

我：“你是不是故意的。”

他伸手在我胳膊上拨了拨。

眼观六路的主持人“嘿嘿”打趣：“小顾啊，是让你跟言言学弹吉他，不是让你学弹他，你们在干吗呢？”

我：“弹琴！”

39.

我：“你知道怎么按和弦吗？”

他：“不懂。”

我：“你知道怎么拨弦扫弦吗？”

他：“不懂。”

我：“来来来，吉他给我，我给你演示一下。”

我：“现在懂了吗？”

他：“不懂。”

我：“你把吉他抱好，对，食指放在那里，中指往下挪一格……”

他眨眨眼：“听不懂。”

我：“那这样，你姿势摆好手放好，我教你总行了吧！”

我半跪在他面前，一根一根地捏着他的手指往正确的位子上放，又拉着他的手扫了两下弦：“好，这就是 Fm……”

他笑着说：“Fm7 对吧，指法 T132 ？你要教我弹《拥抱》？”

40.

您还真是个机灵小不懂啊？！

我小声威胁道：“你会弹吉他啊？欺骗节目组？你作弊！我要揭发你！我要告老师！”

他一脸无辜道：“我真的不会啊……只是之前在网上看过一些教程，有点印象。”

我：“哎？你为什么要看吉他的教程？”

他：“这首歌最基础嘛。”

我：“快快学起来！”

还等着下节目了去吃砂锅粥呢。

41.

这首歌着实简易，四个和弦两个拍子一个指法扫扫弦就能弹完，我现场借纸画了一张谱子给他，又演示了一遍，他就也能磕磕绊绊断断续续，错音连连哑音无数地弹完了。

先不论他弹的曲子能不能入耳，就说他低头认真弹吉他的这副样子，不单是一句赏心悦目就能概括的。

他扭头看了看进展良好的其他两组，略显沮丧地划拉了两下琴弦："弹吉他好难啊。"

我适时给予鼓励："你已经学得很快了，还有时间呢，再多练两遍，输了就输了呗，反正惩罚也……"

他眼睛一亮。

我："不准故意输！不准！"

42.

不得不说，看肢体完全不协调的男主角和舞蹈功底扎实身形柔韧的女主角热舞，娱乐效果还真是不错，女主角在男主角身侧若即若离，男主角挥手次次挥空，总是抓不中女主角——颇有一种在看《猫和老鼠》的感觉。

大小狼狗的合唱也不遑多让，明明是一首情歌，硬是唱出了《沙家浜》的味道。大狼狗明显对歌唱有着自己独到的见解，也有着特殊的歌唱技巧，小狼狗拼尽了全力也没能把他狂放到几亿光年外的调子拉回来，唱完后第一时间愤愤地对他一通拳脚乱打，跟小学生似的。

同行都这么卖力地衬托了，轮到顾依凉，我用望子成龙的目光望着他，拍了拍他的肩。

43.

主持人："哎？言言也要一起表演的啊。"

我："什么？"

主持人："当然要一起表演啊，你们是一个小队，team，团队精神，晓得伐？"

我："那我……给他伴舞？有道具扇子吗？借我一把呗，或者我表演个孔雀？扭个秧歌？"

主持人："言言还真是一点偶像架子都没有啊，哈哈哈！

"当然是唱歌啊！别怕，你看大狼哥唱成那样都大胆地唱出来了，来来来，面对观众……"

不是，主要是我答应了顾依凉，只给他一个人唱歌的啊！

你看你看，顾依凉不满地目光扫过来了啊！

失信于人，何以取天下？！

我想了想："好吧。"

44.

我哼哧哼哧地搬了张小道具凳子到顾依凉旁边，半侧坐了上去，扭头看着他："开始开始。"

他愣了一下，勾勾嘴角，弹起了前奏。

事实证明，十五分钟是不足以学好一首吉他曲的，顾依凉眼睛根本没放在谱子上，一只手在弦上乱扫，一只手都快自创出新的和弦了，只有拍子勉强是对的。

这也太考验人了吧，就好像给你放了个国际歌的伴奏，然后非逼着你唱《贵妃醉酒》。

我干脆把大脑扯断电了，屏蔽掉了他的伴奏，只当自己是在清唱。

45.

好像有小狼狗在夸我唱得好，好像有主持人在夸顾依凉学得快，好像有男主角女主角在cue（网络用语，指“被点名”）他们即将要开拍的新戏。

我都听不太真切。

我眼中只有顾依凉弹完最后一个尾音之后，侧开脸躲过了镜头，眼睛带着笑，对我无声做出的口型——

“不走。”

第二十章

清纯不做作

1.

迷，很迷。

节目不仅直播出去了，电视台还放出了剪辑后制版的重播，笑点连连爆点满满。虽然着重突出的是大男主大女主，剪去了不少大小狼狗、我和顾依凉的部分，但配上各类搞怪的特效和时而缠绵的背景音，连我看得都有些心潮澎湃。

2.

趁着等戏的间隙，我捧着手机缩在小马扎上刷微博，刷着刷着就看了超话，退出后，发现威廉廉威在QQ上私敲了我。

威廉廉威：小内内，那期节目你也看了吧？

不可言说：小内内？

威廉廉威：内部人员。

不可言说：看了。

威廉廉威：啊啊！其实我超级激动的！

不可言说：当然激动了，演的可是你写的文啊！

威廉廉威：不是不是，我不是在激动这个，是……哎，我看到的时候正吃夜宵呢，一碗酸辣粉直接泼我爸头上了！

不可言说：你们家吃夜宵的时候，站位挺特殊啊！

威廉廉威：不是，这不是重点！我真的好想跟人分享重点啊，可是又不能说！

不可言说：那别说了……

威廉廉威：不行，我实在忍不住了，我还是跟你说了吧！你千万不要告诉别人啊！

不可言说：好……

威廉廉威：我发现，言言看过我的文！

这是什么动地惊天毁天灭地撕裂时空的晴天大霹雳啊？！

不可言说：不可能的吧，他拍戏那么忙，哪有时间看这些？

威廉廉威：不是，你听我说，我交给节目组的是修改过的版本，对白不一样，可言言念出来的台词是旧版的！

威廉廉威：言言记忆力好，他根本就没细看节目组给的那张纸！直接就照着原文演了！

威廉廉威：啊！终于说出来了，轻松好多。

3.

我面前没有桌子，“啪”的一声把手机往地上狠狠一扣。

小陈吓了一跳，赶紧把我的手机捡起来，抹了抹碎裂的屏幕，转头小声地问我：“怎么突然生气了？顾哥惹你了？”

我抚着额头连连摆手，小陈急道：“天灵盖没长好？”

我捂着心口连连摆手，小陈急道：“心脏病犯了？”

小陈：“你到底哪儿不好了，快和我说说。”

我：“本来哪儿都不好，现在哪儿都好了，谢谢你。”

4.

一万个威廉廉威也抵不上一个小陈让我头疼的，我往外面张望了一下，企图借助顾依凉好看的身影让我宽宽心，却没找见他的人影，就问小陈：“顾哥呢？”

小陈：“我也没看见他，他这两天怎么都不过来凑热闹了啊？”

好像……这两天在片场里的确是没怎么见到顾依凉诶。

但每天早晚，他还是如往常一样雷打不动地在我身边扎着根，下戏之后我们要不然一起在影视城里闲逛，从诗词歌赋聊到人生哲学，要不然一起抱着电脑吃零食追剧。方圆十里的小店都被我们一一尝过了，好吃的一道称赞，难吃的一齐痛骂。晚上他陪着我练演技，快乐无极限。

5.

我叹了一口气，脸颊上蓦地一冰。

顾依凉站在我身后，拿冰蜜茶贴了贴我的脸，又把瓶子塞进了我手里："记台词呢？"

"没，就走走神。"我戳了戳瓶子上贴着的小桃心，心里"嘿嘿"一笑，还是一样嘛。

他应了一声，低头不知道在手机上打着什么字。

我起身去给他拖了张靠椅过来，让他坐下。

我在心里构建出了一个拷问室，晃眼的白光打在他脸上，我状似随意地问："哎，你这两天都在忙什么啊？"

他一愣，下意识地摸了摸鼻尖，又摆了摆手："没忙什么啊。"

我狐疑地看着他，拖长了声音问："真的？"

6.

顾依凉虽然演技好，却真的不擅长骗人，细细回顾一下过往，他好像也从来没骗过我。

果然，我一拖长音他立刻就僵了，被打回了原形一般，略微有些紧张的样子，睫毛颤颤地看着我。

他小心道："这、我……不如我们晚上再说？"

有情况！

防空警报一秒于心中拉响，我神情一肃，认真道："没事，有什么事现在说了吧！"

他看起来有些为难的样子："这里，不太好说话吧？"

我立刻化身旋风小子，把他卷到了休息室。

他有些慌乱：“真的要现在说吗？我准备……”

我肯定道：“现在说。”

7.

顾依凉与我面对面站着。

我看着他把手抬起又放下，似是拿不定主意该把手放在哪里，最后郑重地把双手搭上了我的双肩。

他这是预备要赶尸还是怎么着？

每次当他露出这种表情，我都很慌！

他欲语还休地看着我，我凝神屏息地等着他开口。

他欲语还休太久了吧，我都快把自己憋缺氧了啊。

在我差点把头憋成两倍大的紧要关头，他缓缓地开了口：“我……”

我憋着一口气：“到底我什么啊……”

他还没说，就被骤然响起的敲门声从高地上拽了下来，一口气堵得我经脉都快逆行了。

谁啊？没看见这里正谈大事吗？就算天王老子来了也别打扰我们！

门“砰”的一声打开了，小陈探了个头进来，十万火急道：“天王老子来了！”

什么？

8.

我的老天爷啊，他老人家来干什么？！

今天到底是什么大喜的日子啊？一波还未平息一波又来侵袭的，我的事情还没拎清呢，财神爷本爷就驾到了！

今天不是正月初五啊，他老人家怎么就下凡了呢？！

小陈的话音炸得我头皮都起酥了，我即刻蹿到镜子前面，整衣敛容，极力调整出乖巧板正的神情。

不怪我夸张也不怪我紧张，整整三年下来，老黄在我身上砸了那么些真金白银，我还是不思进取地混在大三线，要是再被他发现我整天不务正业地待在剧组里，不好好练习演技，到处瞎蹿，和对家斗智斗勇……他不得把我发配去挖煤啊？！

9.

我心焦地掸着肩膀上根本不存在的灰尘，顾依凉走到我身边，两束目光如同探照灯一样打在我身上：“你……”

你什么你！

“等等再说！”我打断他，展着广袖往休息室外面飞。

他的话音在我身后一扬：“你去干什么？”

我头也不回地答：“迎财神！”

10.

老黄穿着一身做工考究的定制西服，孔雀开屏似的昂首在片场里走来走去，饶有兴致地打量着正拍摄的场景。

我恭敬地凑上前去，一开口就先洋洋洒洒地捧了五百字：“黄总，新做的西服啊？真好看！帅气精致，显得精神！看这小线走得，啧，绝妙。世上本没有路，有了你，也就有了路……”末了我才道，“您工作那么忙，今儿怎么有空……”

老黄一巴掌拍我头上：“好好说话。”

说那五百字的时候你怎么就不打断我了呢？！

我苦着脸把他拽到角落：“您干什么来了啊？”

“来突击检查你的工作啊，在剧组里表现得怎么样，演技有没有进步一些？”老黄上下打量了我一会儿，礼尚往来地点评了一句，“扮相还可以嘛，人模人样的。”

那不然还能像狗吗？！你还我五百字的彩虹屁啊！

我：“您给我开家长会来了啊？”

老黄：“不是，主要是今天初五，我一时兴起，想来看看你们剧组里还缺什么，给你们送送温暖。

“再主要想展示一下我新做的西装。

“顺便跟你们陆导叙叙旧。

“再顺便看你。

“好了，你我也看过了，挺好的。你们陆导呢？”

我：“陆导他……”

11.

顾依凉“噌”的一声在我身旁冒了出来，跟个破土而出的小蘑菇似的，眼睫颤颤地抿着嘴看我，两道视线如泣如诉如怨如慕，硬生生地切断了我未尽的话音。

怎么回事？他这眼神也太凄切了吧？王宝钏苦守寒窑十八年，发现薛平贵另娶了他人也没他这么凄切啊！

不就是把我们的事延后讨论了一下嘛，他至于用这种眼神看着我吗？

我不明所以地看着他，他转头就与老黄对上了视线。

老黄眼睛倏地一眯。

12.

这一眼，一眼万年。

他们俩对视得实在太久，我都担心他们俩是不是看对了眼。

一部未完待续的史诗级豪门娱乐圈悬疑伦理剧在我脑中苍凉奔走，就在我正考虑着要不要给卫女士打电话汇报一下警情的档口，老黄突然幅度轻微地点了点头。

我心想：还真看对眼了？

不等我给脑中的剧本编出一个可歌可泣的大结局，老黄持着厚重的欣慰感重重地拍上了我的肩。

这种“好哇，我不成器的儿子终于有出息了”的感觉是怎么回事？

老黄手指一紧，按着我的肩膀晃了晃：“走，吃饭去！”

哎，不是找陆导吗？我受宠若惊之余还不忘追加乖巧的人设，眨巴着眼睛故作为难道：“可是我还有戏要……”

老黄：“没事，回头我跟老陆打个招呼就行。”

行吧，谁叫您在剧组里拿了个全场消费最高呢，您说了算！

我响亮清脆地应了一声，听见老黄语气和善地问顾依凉：“一起？”

哎，正好可以给顾依凉刷一拨敬业的观感！

我刚准备替他婉言回绝，顾依凉面无表情地道了声“好”。

好就好呗，他为什么要用上这么冷酷无情的语气啊？

老黄呵呵一乐，顾依凉伸手就搭上了我的肩。

收不收敛就不说了，老黄的手还搭在我肩上呢！

13.

顾依凉和老黄一左一右站在我的两侧，一人伸出一只手搭在我肩上，两座大山一般压得我喘不过气来，他俩像押犯人一样把我往车子的方位带。

这到底是带我去吃饭还是送我上刑场啊？怎么有种牛头马面来收生魂的感觉啊？

右侧是位高权重不能得罪的财神爷，左侧是表情凝重气压诡异的对家，这边的气场轻松和谐，一派天伦之乐，那边的气场沉重压抑，一派凝滞之感。

我没说话，我不敢说话，我屏息体验着冰火两重天，连路过剧组众人都不敢跟他们打招呼。

14.

临踏出剧组，身边有个人影一僵，连连后退了几步，又脚步一顿，上前了几步。

主演男主角眼睛一眯，打量了我们几秒："是你们啊，我还以为抓犯人呢。"

我："主哥，你帮我们跟陆导打个招呼吧，说我们去吃个饭。"

男主角："你们连装都没换呢，去哪儿吃啊？"

15.

老黄闻言，疑惑地拽了拽我的发套："这个不能摘了？"

顾依凉立刻不悦地拽住了我发套的另一侧："不能。"

我一脸疑惑。

老黄"哦"了一声，又扯了扯我的衣襟："里面也没穿自己的衣服？"

顾依凉立刻愠怒地把我的衣襟往另一边扯："没有。"

我两眼发蒙。

老黄"哦"了一声，伸手抹了抹我的脸："这个拿纸巾擦得掉吗？"

顾依凉立刻跟揉面似的在我脸上一通狂抹："不……"

我忍无可忍："你们有话好好说，别动手行吗？眼看手勿动啊，我快被你们掰扯碎了啊！"

老黄一推我脑门："你这孩子，脾气怎么这么大呢？得了，赶紧去把衣服换了吧。”末了还对顾依凉道：“见笑了，他这孩子就这样，给惯坏了，别介意啊。”

我：“我……”

顾依凉沉声道：“我惯的，不介意。”

有他这么说话的吗？

眼见着顾依凉家的窗户就要跟我们俩的将来一同破碎了，我心急如焚地悄悄拽了一把顾依凉的衣摆，小声道：“说话客气点呀！”

顾依凉身上的气压一霎就低至了地心。

我是在救你啊！

你这不是在玩火，你这是在放火烧山啊！

老黄呵呵一乐，摆了摆手：“没事，你们赶紧换衣服去吧。”

顾依凉也不等我，抿着嘴就转身往自己的休息室走。

16.

我云里雾里地把衣服换了，一直到走出剧组也没见到顾依凉，见老黄站在车边朝我挥手，便赶紧小跑了过去。

老黄见我一人过来了，奇道：“就你一人？那个……刚刚那个小明星啊，你上次问我拿钱不就是为了威胁他的父母，拿住他的把柄，好逼迫他……”

我：“不是你想的那样……”

17.

我一拍脑门，怎么就忘了我还身兼一重迫害顾依凉的心肠歹毒的反派人设呢！

我：“您方才那么欣慰地拍我的肩，是为了——”

老黄：“觉得你眼光不错，找了个人模人样的，这钱没白花，对你给予肯定。”

您是不是只会用“人模人样”这一个形容词啊？！

老黄：“娱乐圈太乱，我之前总担心你拿钱不干好事，这下放心了。”

这到底是什么家门不幸的教育方式啊？我的爸爸哎！

老黄：“哎，这孩子看起来不错，很清纯很不做作，还不畏强权。你看，他都不怕我，也不谄媚，又很守本分，这很好嘛！”

我：“您听我解释……”

18.

顾依凉远远地出现在了我们俩的视线范围内。

老黄眼睛一亮。

我一口老血梗在喉头。

19.

毫不夸张地说，他出现的那一刻，整个剧组的天空星星都亮了。

他将头发用发胶打理得一丝不乱，好似沾上一点火星就能燃起一团熊熊大火。他还穿着一身完全足以出席慈善晚宴的盛装，整个人熠熠生辉地往我们的所在地缓步移动。

他这是要干吗啊？

老黄啧啧赞叹：“你看看，这衣品真是不错，哎，多好的孩子啊。”

20.

我的心很累，真的，我不想多说话了，沉默，沉默是今晚的卫言梓！

我也不顾脏不脏了，整个人颓废地倚在车上，看着顾依凉走到跟前。

老黄：“人齐了，出发吧。”

话是这么说，但我们三个人僵僵站着，谁也没有要动的意思。

老黄用“你是我儿子，你得给我开车门尽孝心，不然我老脸往哪搁”的目光看着我。

我用“给我开车门表现一下自己呗”的目光看着顾依凉。

顾依凉——

顾依凉用类似的目光回望着我。

晚风无声，我们之间的僵持比晚风还要沉静。

司机大哥站在一旁，视线不知所措地在我们三个人面上逡巡。

21.

算了，我妥协地帮老黄把车门打开，看着他一脸骄傲地坐了进去，自己也跟进了后座。

司机大哥松了一口气，替顾依凉拉开了副驾驶的门。

顾依凉震惊，难以置信地看着我，唇线抿得紧紧的。

22.

后座车门被顾依凉打开了。

副驾驶车门被顾依凉关上了。

后座车门被顾依凉关上了。

23.

发动机一阵轰鸣，车子稳步地上了路。

我呆滞地坐在副驾驶位上，透过后视镜看着后座上并排坐着的两位盛装丽人，开始怀疑人生。

一直到了包厢中坐定坐稳，我都没有再说过一句话，只是咬唇沉默着，用眼睛对顾依凉发射着动感光波。

原因无他，我有理有据地怀疑他意图转投老黄门下了。

不然他硬要跟老黄一起坐后座是为了什么？

你看，他还无视我的杀人视线，一直盯着老黄。

24.

顾依凉似是在来的路上重组了一遍人格，举手投足、面上表情、眼中神色全然一派“谁敢与我争锋”的不羁气度。

他也没拿筷子，冲老黄一抬手：“未请教——”

我心想：佛山黄飞鸿？

老黄是看着旧武侠剧长大的，很是吃他这一套，哈哈一笑，朗声答道：“黄潜龙！”

顾依凉：“呵，我还叫顾雍正呢。”

不是你想的那个乾隆啊！是潜龙在渊的那个潜龙啊！

顾依凉你今天是怎么回事啊？怎么思维和行事都很叛逆啊？

这是什么，引起霸道总裁注意的新招数吗？

25.

老黄丝毫没觉得有任何不对的地方，完全不给我出声解释的机会，笑呵呵道：“好名字啊！大气！幸会幸会。”

我心想：他说您就信啊？

我不住地给顾依凉递眼色，也不顾要保持沉默的自我约束了，嘴里连道：“不是不是，他不叫……”

顾依凉目不斜视地将转盘上盛好的汤转至老黄面前，咬重道：“来，老鳖汤。”

我：“我……”

老黄含笑点头，刚把汤碗取了下来，顾依凉把转盘又一转，咬牙道：“来，猪头肉。”

我："我……"

老黄夹了一筷子，顾依凉再次转动转盘，咬重道："来，野山鸡。"

我："我……"

我已经不知道说什么了。

26.

老黄给了我一个"看吧，我就说这孩子懂事"的眼神，还纡尊降贵地亲口让服务员给顾依凉倒了一杯酒。

我："别……"

顾依凉欣然举杯，两人举杯相碰——顾依凉把杯沿往上抬了一些。

老黄疑惑地看了他一眼，也把杯沿往上抬了一些。

顾依凉一挽袖口，把酒杯抬得更高。

老黄疑惑地把酒杯举过了头顶。

顾依凉端杯站起了身，老黄也端杯站起了身。

你们这是要举酒祭天吗？！

眼见着杯子都快举到天花板了，我一把拽住顾依凉的衣摆："顾……"

老黄恍然大悟，把杯子与顾依凉一撞，仰头饮尽杯中酒液，连道三声好："芝麻开花，节节高！"

我心想：您逻辑还挺自洽的呗？

为什么你们完全不给我说话的机会啊？！

当我不存在是吗？明明是三个人的电影，我却不能有姓名？

27.

场面就这样在我眼前活生生地离奇了起来，我缩在被人遗忘的角落，满脑的疑问剪不断理还乱。

老黄搁下酒杯，坐回原位，笑呵呵地给我夹了一筷子菜：“哎，尝尝这个，四喜丸子。”

虽然依旧没给我说话的机会，但终于有人记起我了！

我感激涕零地咬着丸子，一口菜还没咽下去，另一双筷子就伸到了我嘴边。

顾依凉看着我：“尝尝这个，软烧花鲢。”

我心想：这种以死相逼的目光是怎么回事？

我吃了。

老黄对我们的互动好像很满意，点了点头，又夹了一筷子菜到我碗里：“盐酥鸡。”

我吃了。

顾依凉一筷子又喂进了我嘴里：“甜酥肉。”

我吃了。

老黄：“蜂窝玉米。”

顾依凉：“蚂蚁上树。”

老黄：“响油鳝丝。”

顾依凉：“油焖大虾。”

我：“李嚎呆扒壳啵了啊？！”我把带壳的虾吐了出来，重复了一遍，“你好歹把壳剥了啊！”

你们俩是拿我来练报菜名了啊？！

28.

老黄不悦地看了我一眼：“怎么能这么说呢，快跟小正道歉！”

我心想：胳膊肘不止往外拐了，还拐到外星系了，话说小正是谁啊？

父命难违，我死死盯着顾依凉，给他夹了一筷子菜，生硬道：“抱歉。”

顾依凉嘴角一勾，面朝着我，却看着老黄："言言真是有心。"

老黄和蔼一笑，话中带着一种为人父的自豪："言言就是特别细心。他啊，每次出来吃饭都顾虑我的忌口，少点了很多他爱吃的菜呢。"

顾依凉："对啊，言言把我喜欢吃的菜都记得一清二楚，每次出来都会多点很多他不爱吃的菜呢。"

老黄："言言对人就是上心，之前我不小心把腰扭了，他连夜从日本带着药飞回来看我呢。"

顾依凉："是啊是啊，我每次拍戏的时候他都特别担心我，处处防患于未然，都不会出现'不小心'的情况呢。"

老黄："言言他啊还给我买衣服。"

顾依凉："言言他啊还给我送鞋子。"

老黄："言言他……"

顾依凉："言言他……"

29.

两人语速渐快，字句连珠炮般从口中连番脱出，细数我做过的各类善举，像是在拼杀。老黄眉开眼笑，顾依凉眉头紧皱。

而我呢，我没什么想法，他们口中的我实在太孝顺了，我只想给他们献唱一首《父亲》。

两位说着说着，不知为何语气渐渐绞紧，气氛变得有些胶着。

老黄无不感慨道："哎，曾几何时，言言还帮我洗过脚呢。"

顾依凉不为所动道："哦，就在昨天，言言还帮我搓背呢。"

老黄的表情变得有些微妙，还想争一下："言言……"

我拍案而起，口不择言："爸！"

与此同时，顾依凉一脸惊怒地吼道："黄潜龙！"

30.

老黄表情惊变，难以置信地看着我，嗫嚅几番，眼底渐渐积起雾气，眼眶也泛出了些许红色，声线颤颤：“你……你……叫我什么……”

顾依凉：“呵，言言也……”

我一把捂住了顾依凉的嘴。

31.

老黄拿起一块餐布，抖着手蒙在了眼睛上，仰头哑声道：“二十多年了、二十多年了啊！我终于听到了这一声……”

顾依凉全身一震。

老黄捂着眼睛，自言自语地述说着自己心路历程，喃喃低语着商业联姻同床异梦的难熬，再叨叨几句对我和我妈于心有愧，终于给了我妈名分，却一直不能解开我的心结……

老黄：“今天，终于得愿以偿了！呜呜呜！”

32.

老黄在那儿捂着眼睛，自顾自地口述着自己的人生回忆录。我一把将顾依凉拖到包厢角落，崩溃无比地瞪着他，咬牙低声道：“你今天到底怎么回事？！”

顾依凉满脸状况外地看着我，话音呜呜地从我指缝中泄出：“他是……你爸爸？”

心里的坎儿再深早晚不也得跨过去吗？再说我不是不认老黄，只是小时候我妈就不让我这么叫，我习惯了而已。

话都已经说出去了，老黄号都号起来了，我咬牙道：“不然还能是你爸爸啊？！”

顾依凉艰难地问：“亲爸爸？”

这都什么问题啊？

心火郁结，我破罐子破摔地猛力摇晃着他的肩膀："亲爸爸！亲生的爸爸，血浓于水十月怀胎——不是，反正就是生我养我的亲生爸爸！我的老父亲！"

顾依凉的表情渐渐化成了空白。

我："空白！你还敢给我空白！你不是听见老黄给我打电话了吗？！不是父亲谁会问你钱够不够花，需不需要接工作，要不要来看你……"

我看着他空白的表情，徐徐眯起了眼睛。

33.

"你脑子里对人际关系的认知是不是只有不正当上位这一种啊？

"你这三观，问题很大啊。

"啊！我现在终于知道你在没有勉强什么了。

"还不给我说话的机会呢。

"啧，老黄马上就号完了，你自己看着办吧。"

34.

老黄攥着餐布吸了吸鼻子，对顾依凉歉道："抱歉啊，情绪一下子上来没控制住，见笑了。"

顾依凉："不、没……"

老黄："对了，你刚刚叫我名字做什么？"

我也非常想知道这个问题的答案，一并转头看着他。

顾依凉空白的表情慢慢填回了颜色，眼神渐渐聚焦，眼中情绪瞬息万变，从宇宙大爆炸到天地鸿蒙万世洪荒到恐龙灭绝到人类起源再到建设文明……

整个《生活大爆炸》的片头瞬息之间于他眼中放映完毕。

顾依凉：“嗯，黄、黄潜龙……”

老黄：“嗯？”

35.

顾依凉：“这名字虽然气势磅礴、朗朗上口、深藏不露，让人忍不住想一念再念，但这么叫实在太生疏了，您看，不如以后，我就叫您黄阿玛吧。”

我心想：太用力了！用力过猛了啊！

顾依凉带着一身优质偶像特有的温文尔雅，诚恳地看着老黄。

老黄抚掌大笑：“你这孩子不止会说话，还挺幽默！很不错嘛！”

老黄嫌弃地点点我的额头：“你啊，多跟人家学着点。”

36.

顾依凉身形端正，一双眸子里似有璀璨星光，嘴角如月儿弯弯：“那个，其实呢，我叫顾依凉。”

老黄完全不疑有他：“哦，那雍正？”

顾依凉：“是我的字。”

老黄一捶掌心：“缘分，要不怎么说是缘分呢！来，喝一杯！”

我心想：您就没发现这名字在占您便宜吗？不是，这名字好像连我的便宜都占了啊？！

顾依凉动作利落地把酒喝干，再斟满，口中道：“今夜不醉不还！”

老黄激动地一拍桌子：“好！小伙子很好！”

37.

我怎么就忘了顾依凉在酒桌上有着战无不胜无往不利的血性加成

呢？！

顾依凉左一杯、右一杯，敬往昔又敬今朝，直把老黄敬得心花怒放血脉偾张，口中称赞连连，对他绝赞不已。

老黄喝得情到浓时，看着顾依凉的眼中全是欣赏，还亲手帮他布菜。

老黄：“来，吃个鸡翅，一飞冲天！”

顾依凉：“请，尝尝这个鹅掌，登高望远！”

老黄：“妙啊！妙啊！来，吃个鸭脖，一鸣惊人！”

顾依凉：“请，尝尝这个鱼，金鳞化龙！”

我心想：叫了一声“阿玛”还真就把自己当紫薇了啊？

老黄：“来把酒抿上一抿，旅途繁花似锦！”

顾依凉：“来把酒喝上一口，天下尽在我手！”

敬酒令还带现编的啊？

38.

我发现，不管顾依凉是想针对老黄，还是想用酒对付老黄，只要他们俩金口一开，就完全没有我插话的余地。

两位盛装丽人左右开弓，一只手端着酒杯，一只手你来我往地往对方碗里夹着菜，整本整本的成语大全从嘴里往外冒，我像个洗脚婢女黯淡无光地坐在一旁，被人遗忘。

倒也没被遗忘。

我……我没力气打省略号了，他们喝我也得陪着喝，肚子里全是他们先前夹进来的菜，现在又灌进了几斤酒水，什么叫石头沙子水的故事，我今天终于算是明白了。

39.

不多时，顾依凉离席去了洗手间，像是带走了满场亢奋的激情，包厢内瞬间静了下来。

我身心俱疲地靠在椅背上，老黄揉了把脸，眉头轻皱地看着我，默了片刻，语重心长地开了口：“唉，言言啊，那小明星……”

我松开老黄，调整了一会儿心态，端正了坐姿，认真道：“顾依凉不是小明星。”

老黄：“不都是明星吗……”

我挂上了恳切的神情：“那个，爸啊……”

老黄：“嗞！”

我：“爸？”

老黄：“啊！”

我：“不是，爸您听我说……”

老黄：“啊，真是动听啊！再多叫几声来听听？”

我一把揪住他的领带：“黄潜龙我在跟你说正事呢！”

老黄：“别……别揪皱了，我好不容易调货调到的领带，你说你说，有话好好说！”

我又说了一次：“他不是小明星，是演员，懂吗？演员。”

老黄：“懂懂懂，演员。”老黄欣慰无比地在我肩上拍了又拍，笑得合不拢嘴，“你啊！在演艺圈也不是全无收获嘛！”

我：“那当然。”

我：“他在剧组很照顾我。”

老黄一听，酒意上头，面带愧疚：“是爸爸对你的关注不够。”

我心里一暖，赶紧坐直了身体，解释道：“没没没，你对我挺好的，打钱毫不手软。”

老黄面上的愧疚一瞬消失无踪，拍了拍胸口：“哦，那我就放心了，就说嘛，我怎么会不够称职呢。”

我：“好吧……”

40.

老黄双目放空，手不停抚着领带上面的褶皱：“你也大了，自己的人生自己做主，自己的生活自己体验，我呢，也管不到你什么，你自己好好把握吧！”

我认真道：“嗯，谢谢爸！”

老黄：“嗞！哎，你愿意跟我说这些，我心里挺高兴的……”

我一把操起拆螃蟹用的钳子：“你把领带放下。”

老黄：“好好好。小顾呢，是个好孩子。”

我：“嗯。”

老黄：“要不是他字雍正，我真想收他为义子。”

我：“嗯。”

41.

顾依凉把门打开的时候，我满脸狞笑，对着老黄叽叽喳喳“爸爸、爸爸”地说个不停，老黄像被念了紧箍咒一样捂着头疯狂扭动，嘴里嘶声连连。

42.

顾依凉把门关上。

顾依凉把门打开。

我和老黄坐姿端正，气定神闲地抿着解酒茶，眉眼疑惑地看着他：“怎么去了那么久？”

第二十一章

日记本

我和我对家

1. 依凉手机备忘录—节选 1

突然，实在是太突然了，一切都发生得太突然了，这剧情实在是太过烧脑了。

我连打了三千多个感叹号才勉强冷静下来。

是演员的自我修养，还有酒桌文化与初中语文救了我一命。

我打字的手有些颤抖，应该是酒意上头的缘故。

经此一役，我的演技与应变能力定然会有质的飞跃。

万万没想到，来年最亲的是昨日最憎的某某。

由此我习得了一句真理：做人留一线，日后好相见。

幸而因为不想在对家面前失了风度，没做太过出格的事，不然，我真不知道该怎么办了，大概只能以死谢罪。

万幸！黄叔叔宅心仁厚，侠肝义胆，并没有跟我计较太多，甚至……似乎对我的观感还不错？

不愧是对家的亲爸爸，果然是一脉相承的天真单纯、平易近人。

我要再接再厉，保持住这个状态，务必与黄叔叔打好关系，洗刷掉之前的重大失误。

自责，无比地自责，是我太过龌龊，居然用如此不堪的思维方式来揣度对家，误会了他这么久。

对家总是说我对他好，原来……他是真的觉得我对他好啊。

对他好是应该的。

跑题了，继续反省，我不该误会对家，一叶障目、先入为主，着实要不得。

不，我不能站在刁钻的角度为自己开脱，错了就是错了。

不写了，不管怎样还是先回去吧，我不能离席太久，烟花易冷，也不等人。

2.

顾依凉面带疑惑地握着门把，不自然地摸了摸鼻尖：“没有很久吧？”

老黄真不愧是经历过大风大浪的一代人，父子乱说话现场被撞了个正着，他还能面不改色地招呼顾依凉在身边坐下，笑着给顾依凉递一杯解酒茶，关切地问：“是不是有些醉了？”

顾依凉看看老黄，又看了一眼面色自若的我，再偏头看了看包厢的门，似乎陷入了自我怀疑之中：“也……也许吧？”不等老黄说话，他又迅速摇头，神色坚定道，“不，我还能喝！”

老黄精神一振，目露欣赏：“好、好、好！”

3.

反正他们俩只要搭上腔，喝上酒，就完全没有我开口的余地了。

我只能安静如鸡地坐在旁边当壁花，看着他们俩交杯换盏，听着他们俩谈笑风生。

顾依凉真是使尽了浑身解数在捧老黄，不像是顾雍正倒像是顾莲英，一套套词舌灿莲花地往外吐，逗得老黄一张笑口就没合上过，没说两句就又念叨若不是顾依凉字雍正，名字中就带了辈分，自己真想把他收为义子。

顾依凉咬着酒杯的杯沿，眼中写着“失策”二字，满脸追悔莫及。

现在知道自己愚蠢了吧？我呵呵一笑，又看他委屈地把眼睛一垂，立场立刻就偏了。

酒壮人胆，我拽了一把老黄，小声吐槽了一句：“想认就认，这么在意名字干吗？不然你认他做干爹呗。”

“哎，怎么说话呢？”老黄不满地转头拍了我一下，“不然他管我叫义父，你管他叫干爷爷，你们俩各叫各的？”

我：“你们继续、你们继续。”

4.

看他们接着聊了起来，我小口地抿着解酒茶，百无聊赖地随手点开了几个社交软件又随手关上。

刚点开 QQ，就看见威廉廉威敲了敲我，问我在不在。

威廉廉威：小内内啊，我想过了，同人文那件事，当时我改了好几个版本发过去了，有可能是节目组的工作人员印稿子的时候出了纰漏，拿成了没修改的版本，不一定是言言看过……你千万别去打扰言言问他这件事啊。

多好的姑娘啊！

我一阵感动，心也放了下来，回了个“嗯”。

5.

顾依凉有所顾虑地看了一眼老黄，突然小心地问我：“行吗？”

我从手机里抬头：“怎么了？”

不是，我刷手机刷得正起劲儿呢，根本就没听到你们刚刚的对话啊！

我：“你，再说一遍？”

顾依凉眨了眨眼，表情似乎有些受伤：“我说，既然名字差了辈分，那我能不能叫……嗯，黄先生，黄叔？”又小声补充道，“要是不行的话，我就不这么叫了……”

老黄不赞同地看着我：“你今天怎么回事，怎么让小正叫什么你都不乐意？就让小正这么叫怎么了？多亲切啊，多有皇亲国戚的感觉啊。”

小正到底是谁啊？！

顾依凉也看着我，眼神怎么失落怎么来，仿佛下一秒就要当场崩溃落泪，情绪零碎了一般。

虽然知道他有百分之九十九的可能性是演的，我还是在心里急忙做了几个深呼吸，放缓了语气：“当然可以啦！只是这样叫有点怪怪的，毕竟我们……”

“那边都习惯叫伯父”几个字我还没说出去，顾依凉失落的表情顷刻间悉数化为了如获蒙恩的欣喜，眼睛亮亮地把头一扭：“爸。”

老黄：“唑！”

怎么谁叫您都“唑”啊？

顾依凉其实是故意的吧？

我在桌下狠狠一掐老黄大腿，老黄迅速调整出了一脸正色，矜持地“嗯”了一声，又拿出手机晃了晃：“咳，你们先聊着，我出去打个电话啊。”

说着他就一身正气地站起了身，目不斜视地走了出去。

6.

我听着从包厢外隐隐传来的癫狂笑声，颤着手抚住了额头。

这还是在破除误会后我和顾依凉首次单独相处，气氛似有一丝尴尬。

我默然无语，顾依凉欲言又止。

7.

思维被酒精拆了个支离破碎，我浑浑噩噩的。

顾依凉坐立不安地一会儿扭头看我一眼，一会儿看一眼包厢门，又默了一会儿，一点点挪了过来，凑到我身边，犹豫道：“那个，言言，我自作主张地叫黄叔，他是不是不高兴了啊……”

没有，不是，他老人家只是一时情难自持，在外面为爱痴狂。

顾依凉一脸丧气：“是我没考虑周全。”

看把孩子吓得，我有些好笑，扯了扯他的脸：“现在知道怕了？刚才是谁无所畏惧针对老黄的？嗯？司徒狂怼？”

他：“司徒狂怼？”

我：“你不是爱给自己起名字吗？复姓听起来酷炫一点，不然给你改个诸葛？欧阳？万俟？慕容？”

他：“不……不用了。”

8.

顾依凉忧心忡忡：“情况紧急，咱们还是实际一点吧。”

我：“什么……”

他：“要不然我给他老人家送点礼？根雕？玉石？给他塑个等身像，放你们家花园里？我看百度百科上说……”

他一顿，我眼睛一眯。

敢情你刚刚跑出去那么久，是偷摸着查资料想要投其所好去了啊？！

老黄手机举在耳边，蓦地把门打开了：“老陆叫你们——”

9.

我们俩同时诚恳地看着老黄：“您请讲。”

老黄：“你们陆导让你们赶紧回剧组，说是有个会要开。”

顾依凉周身空气凝滞，我不解地看了他一眼，转头问老黄：“大晚上的，什么会啊？”

老黄：“老陆说是接到了内部消息，有人准备爆你们剧的男主角去年的料，影响不太好，压不下去的话有可能会导致剧组停拍一段时间，让你们回去签个协议。”老黄摆摆手，“你们那剧男主角看起来人模人样的，应该是无风起浪的事，你们也不用太过担心啊。”

我个人觉得十有八九是真的——男主哥，真人不露相，高手在民间啊！

“行。”我点点头，拉着沉默的顾依凉站起了身，“那我们快点回去吧。”

10.

一桌原是准备给陆导他们的酒席被我们三个人浪费了个彻底，顾依凉不知为何整个人像是憋了一股气，一路都低着头看手机，也不说话。我小声问了他几次他都支吾着不答，搞得我真是一头雾水。

这情况一直持续到我们回到了剧组，挥别了老黄，开完了冗长的会议，签完了协议，回到了酒店。

11.

顾依凉在酒店房间内的小客厅里坐定，仍是一副不愿言语的样子，我本想拿话激激他，看他一副失魂落魄的样子又有点舍不得，讷讷道：“你也别太担心男主哥了，这事儿咱们就让法律……”

顾依凉一副如梦初醒的样子：“啊？”

我：“你不是在为他黯然神伤吗？”

他：“没有。”他默了片刻，鼓足了勇气一般，表情无比郑重，“我……”

我小心脏往上一提，疑惑地看着他，他又低头滑起了手机。

我：“怎么了？”被老黄的出现打了个岔，还扯出了个天大的误会，我急了，“你……你到底怎么了啊？”

他微微垂着眼，表情似是有些纠结，睫毛一颤一颤的。

12.

当山峰没有棱角的时候，当河水不再流，当时间停住日夜不分，当天地万物化为虚有，他还是在欲说还休，没能顺利开口。

他是个含珠老蚌成精还是怎么的？让他开个口怎么这么难呢？我是不是还得给他泡泡盐水，他才能开口吐沙啊？

说实话，就这么长的思考时间，哪怕是唐玄宗让我去取个经，我都已经回来了。

我把自己都哄好了，不再计较什么冷不冷淡的了。人嘛，都有情绪低落不愿讲话的时候，对吧，要互相体谅。

就是不知道他到底想说些什么。求求你了，为我解惑吧！开开尊口吧！

我深深地凝望着他，几乎要化成了一尊化石，终于，他开了口。

在我满载着希冀与鼓励的注视下，他缓缓道："不如，我们，明天再说？"

13.

我摇着顾依凉的肩膀，崩溃道："说！有什么事你说！只要是兄弟办得到的，你尽管开口！"

顾依凉伸手扶着我的腰："别晃别晃，别摔下去了！"

我往后一仰，心如死灰地看他："你不说我就摔死我自己，你自己看着办吧。"

顾依凉看着我，再次鼓足了勇气一般，表情郑重道："我……"

我也不提心脏了，你看着吧，他十有八九还是不能把话说完。

果然，他薄唇一抿，又不说话了。

我连槽都懒得吐了，决定还是早点洗洗睡了吧，正欲站起身，顾依凉倒是先站起来嗒嗒嗒地跑进了房间。

他怎么还落跑了呢？

不多时，他又嗒嗒嗒地跑了回来，双手递给我了一本东西。

我接了过来。

14.

我拿在手中的是一本牛皮笔记本，沉甸甸的，像是一本手账。

这应该还蛮私人的东西吧？我迟疑地问："给我看的？"

顾依凉轻轻咬了一下嘴唇，"嗯"了一声。

我确认道："我可以看？"

顾依凉点点头。

我就把本子翻开了。

15.

我沉默了。

这是……怎么说呢，与其说它是一本日记，倒不如说它是一颗剥离了所有伪装和掩饰的心脏，赤裸纯粹地展现着所有的情绪，点点滴滴，细细碎碎，补齐了一个真实的顾依凉。

顾依凉带着一身极度紧张的气场站在我身边，我没有抬头，认认真真地看着手中的日记本。

前半本事无巨细记着工作日常，有接到工作时的喜悦，有疲于工作时的抱怨，有被人为难时的难堪，有受人恩惠的感激，一些琐碎扰人的家事穿插其中，如此半年后，他本子里出现了我的名字。

16.

不长，我跟他认识的时间真的不长，一页一天也不过二十多页，可有我的部分意外地十分丰富，里面添了不少加页，像是从别的本子上撕下来贴上去的，还有几张边缘锋利的打印纸，更像是手机备忘录，把原本厚度适中的本子塞得鼓鼓囊囊的，显得有些杂乱。

一开始的相遇，中途的误会，他做出的决定，他记下自己的心情，记下自己的情绪转变，记下自己的纠结，记下自己的不安和忐忑，记下我的喜好，误会的或是尴尬的，有趣的或是无趣的……

我看着视角完全不同的、版本完全不同的关于我们的故事……怎么说呢，就好像失手把一种名为“顾依凉”的颜料倒入了心湖，顷刻间就把整池的湖水染成了他的颜色。

17.

纸页被一张张翻过，直至日期跳到了近两天，我才知道他这两天都在想着些什么，也终于揭开了他的欲言又止之谜。

18.

我呼出一口气，把本子合上，还给了顾依凉。

顾依凉面色沉静地看着我，只是捏着日记本的指节有些泛白：“你……”

我：“等等，稍等，你站在此处，我去去就来。

“不要胡思乱想，我就是离场一下，很快回来。

“很快。”

19.

我快步进了他房内的里间，把门一关，锁上了门，又隔着门大喊了几声他的名字，听了听动静，确认了一下房间的隔音情况。

可以，保密性不错。

我一个转身，视线如同风刃一般在他房内扫来扫去，锁定了一个无辜的矿泉水瓶。

很好，就是你了。

我跑过去把矿泉水瓶拿了起来，寻了个看得顺眼的地方放好，然后——一个手刀就劈得它粉身碎骨！

20.

叫“顾依凉”就真把自己当陆依萍吗？整天背着我写日记！他还以为自己是雷锋啊？做好事不留名全写进日记里？！

帮助我不直接说要往日记里写！万一我没反应过来呢？！是想等着我对他一直误会下去吗？就此错过之后，各自的子孙拿着日记本痛哭，相认成就一段旷世遗情万古流传，再等着后人把我们的故事改编成小说和电影吗？！

早说嘛！早说我们就不至于做对家了，粉丝也不至于暗戳戳地隔空喊话骂对方，更不至于一个眼神、一个动作，就让粉丝觉得我们想弄死对方。

真冤。

我看得差点恨不得直接就地躺倒！

我半跪在地上，咬牙切齿地暴揍着眼前的矿泉水瓶。

这误会大了！

21.

我从容冷静地打开了房门。

顾依凉仍站在原地，茫然紧张又有些不知所措地看着我。

我站起来，看着他。

“谢谢你。”我说，“我的对家。”